【目次】

ご挨拶

鶴見大学図書館　図書館長
二藤　彰

セレンディピティとは思いもよらない発見に偶然巡り会う能力のことを言います。例えば自然科学分野ではフレンミングが偶然ペニシリンの抗菌作用を発見したことがその例として有名です。今回、鶴見大学文学部久保木秀夫准教授と中川博夫教授の情熱、そして資料購入を呼びかけた高田信敬教授と、強力にフォローした伊倉史人准教授のカンが、セレンディピティを発揮し古典文学史に残るかもしれない貴重な発見をしました。本学図書館に今回新たに収蔵された「古筆手鑑」を調査しているうちに、この古筆手鑑に貼付されている古筆切の一つが、『新古今和歌集』の中でこれまで認知されていなかった未発見の一首であることを示す証拠を発見しました。本書はその証拠としての学術的解析を行っているものです。

従来まったく知られていなかった藤原隆方《たかかた》の異本歌だとすると、なぜこれまで知られなかったのか、他にもまだ知られていない歌があるのではないか、と想像をかき立てられます。

今回の発見の価値を高めるのは、これからの学術的探究にかかっている部分も多いと思いますが、本学文学部の渾身の力をこめたこの本格的な成果発表が、古典文学研究に新たなページを加えると期待したいと思います。

はじめに——新出歌は、古典文学研究の推理小説的な面白さや奥深さを伝える。

［久保木秀夫］

二〇一二年度、鶴見大学図書館に「古筆手鑑《こひつてかがみ》」一帖が収蔵され、その中から、『新古今和歌集』の歌としては、これまでまったく知られていなかった一首が、新たに発見されました。鎌倉時代のごく初期に書写された巻子本《かんすぼん》を、主に観賞目的で分割した、いわゆる古筆切《こひつぎれ》（断簡《だんかん》とも）の一葉として、それは姿を現しました。この発見については、二〇一三年一〇月二日の読売新聞朝刊と、翌日の朝日新聞夕刊とで相次いで報じられ、さらに翌々日の共同通信によって全国的に配信され、と同時に数多くの全国紙・地方紙のWEB版にも掲載され、それらがまたインターネット上で大拡散されましたので、ご記憶の方もきっと多いかと思われます。

本書は、そのような『新古今和歌集』新出歌を記載している断簡について、あらためて紹介し、かつ関連資料を徹底的に集めた上で考察し、学術的価値を明らかにしていくことを目的とするものです。

▼『新古今和歌集』とは

『新古今和歌集』は、後鳥羽院の命により、院自身が深く関わりながら、藤原有家《ふじわらのありいえ》・家隆《いえたか》・定家《ていか》・雅経《まさつね》・源道具《みなもとのみちとも》によって撰ばれた、第八番目の勅撰和歌集です。天皇・上皇・法皇の命によって撰進された勅撰集は、全部で二十一作品（二十一代集）に及びますが、中でも最も完成度の高い作品として、第一番目の『古今集』と並び称されているのが、この『新古今集』です。

▼複雑な成立過程と異本歌《いほんか》

編纂が開始されたのは建仁元年（一二〇一）十一月で、元久二年（一二〇五）三月には、ひとまずの竟宴《きょうえん》――いわば完成お披露《ひろめ》目祝賀会――が催されました。が、その直後から早くも「切《き》り接《つ》ぎ」と呼ばれる編纂作業が再開され、数年にわたって続けられていきました。のみならず、さらに承久三年（一二二一）のいわゆる承久の乱を経て、隠岐に流された後鳥羽院自身によって、「隠岐本《おきぼん》」と呼ばれる精撰本が再編纂されたりもしました。

そのような複雑な成立過程や、伝来過程を経たためでしょう、この『新古今集』に関しては、現在残っている写本や版本それぞれの間に、実に多くの本文異同が生じています。それは細かな語句の違いといったレベルの事例にとどまらず、ある本には入集している歌が、別の本には入集していないとか、本によって歌の配列が異なっているとかいった、撰集としてのいわば構成に関わる事例も、相応に見出されています。特に、ある限られた伝本のみに見出される歌については「異本歌《いほんか》」と呼ばれ、先学による徹底的な調査の結果、少なからぬ伝本の中から、あわせて三十首前後が集成されるに至っています。

▼新たに発見された『新古今集』の歌

ところが今回、鶴見大学図書館蔵の古筆手鑑から発見された一首は、それら既知の異本歌の中には、含まれていないものだったのでした。言い換えますと、今回の一首は、『新古今集』の歌として、これまでまったく認知されていなかったものなのです。

そのような、極めて重要な歌を記した当該断簡の書写年代は、では一体いつ頃とみられるでしょうか。断簡右肩に付けられている極札《きわめふだ》（鑑定札）では、伝称《でんしょう》筆者を「寂蓮法師《じゃくれん》」としています。が、彼は撰集途中で亡くなっていますので、彼の真筆ではあり得ません。ただ、寂蓮とほぼ同時代の、鎌倉時代ごく初期に製作された写本の、一部分であることは確かなようです。また、その他いくつかの徴証を考慮に入れれば、もしかして、もしかしますと当該断簡は、『新古今集』竟宴の際にお披露目された、竟宴本そのものたる巻子本の、その一部分であった可能性が、少なからず生じてくるようでもあるのです。

▼本書で明らかにしたいこと

そこでこのたび、本書において、当該断簡と、現時点で見出せたツレの数々――もと同一伝本から切り出された断簡同士――を、集められるだけ集めた上で、それらの学術的価値を、より具体的に明らかにしていくことを目指してみました（久保木秀夫執筆）。と同時にまた、当該断簡記載の一首について、作者たる藤原隆方の経歴・歌歴などを追跡しながら、それがどのような歌であるのか、また分割以前の巻子本だった状態時、一体どのあたりに配置されていたのか、といった諸問題についても論じていきます（中川博夫執筆）。このふたつの論文に関しては、やや専門的な内容とせざるを得ませんでしたが、それでも本書を通じ、原本資料を活用した、書誌学的・文献学的方法に基づく日本古典文学研究の、まさに推理小説的な面白さや奥深さ、必要性、重要性を、少しでも感じ取っていただけるようでしたら幸いです。

思い返せば二〇一三年の二月頃、収蔵済みの古筆手鑑全体を本格的に調査し始めた際に、当該断簡が有する学術的価値の計り知れなさに（やや遅ればせながらも）気づき、「これは大変なものを見つけてしまった…」と、文字どおり身震いしました。ただし、ここまで述べ来たったような今回の発見は、たまたま古筆手鑑が収蔵され、たまたまそこに問題の断簡が貼られていたから、できた、といった程度のことではありません。創立以来の長年にわたる、本学図書館の収書に対する類い稀なる熱意と、文学部歴代教員による地道にして実直な調査研究活動と、大学当局、ひいては本二〇一四年度に、ちょうど創立九〇周年を迎える総持学園の、収書と研究、展示に対する深い理解とが、それぞれに積み重ねられてきたからこその、まさに本学ならではの成果である、と言うべきでしょう。これを「伝統」と呼んでよいのであれば、そのような素晴らしき伝統を、今後も継承し、発展させつつ、教育と学問の深化に、なお一層努めていかなければならないと、関係者一同、意を新たにしている次第です。

なお本書は昨二〇一三年度の、鶴見大学創立五〇周年・鶴見大学短期大学部創立六〇周年記念、第一三五回鶴見大学図書館貴重書展「新収資料展　風格の古筆手鑑、深奥なる古筆切」（二〇一三年一〇月四日～二七日）の展示解題、及び特別講演会（一〇月五日）の講演内容に基づいています。また本二〇一四年度の、総持学園創立九〇周年記念、及び、鶴見大学文学部ドキュメンテーション学科設立一〇周年記念、という意味合いも込められています。

本書刊行に際し、ご所蔵資料の特別観覧や、図版掲載等をご許可下さいました、石川県立美術館・五島美術館・佐野美術館・書芸文化院春敬記念書道文庫・東京国立博物館と各ご所蔵先の関係各氏、及び池田和臣氏・日比野浩信氏に、格別のご厚意を賜りました。記して深謝申し上げる次第です。

第1章 『新古今和歌集』新発見の一首の謎を探る

――紹介と考察――

［久保木秀夫］

1 古《こ》筆《ひっ》手《て》鑑《かがみ》・古《こ》筆《ひつ》切《ぎれ》の資料的価値とは

二〇一二年度、鶴見大学図書館に古筆手鑑一帖が収蔵された。古筆手鑑とは、さまざまな時代の、さまざまな筆蹟による、さまざまな種類の古筆切や短冊、色紙などを大型の折帖《おりじょう》に貼り集めた、言わば古筆切類のアルバムである。ちなみに「手」は筆蹟の意、「鑑」は見本・手本の意。特に江戸時代を中心に数多くの古筆手鑑が製作され、今日においても全国各地、国内外に数多く伝存している。国宝や重要文化財に指定されているものも決して少なくない。

一方、古筆切とは、奈良時代からほぼ室町時代までの古写本を、主に鑑賞目的で分割したものである。断簡とも、単に切《きれ》とも呼ばれたりする。その際分割対象とされたのは、仏典のほか、和歌を中心とする古典文学関係の古写本がほとんどだった。そのため、今日なお大量に現存している古筆切を調べていくと、古典文学研究に役立つ本文が書写されたものを、次から次へと見出していくことができるのである。例えばすでに散佚したと思われていた作品の本文や、現存する作品に対して相当の異文を有する本文などを、それら古筆切によって部分的ながらも復元することができる。たった一葉の古筆切の発見により、従来説が大きく覆され、それまでの文学史が大きく塗り替えられた事例は枚挙に暇がない。

このように古筆切には、古美術品や文化財としての価値のみならず、古典文学研究資料としても第一級の価値を認めることができる。そして古筆手鑑には、それら古筆切が数十葉、あるいは百葉以上、場合によっては数百葉も貼られているので、古筆手鑑を一点でも調べてみれば、必ずや何らかの、資料的価値を有する古筆切を、発見していくことができるのである。言ってみれば古筆手鑑は、古典文学研究上の、まさに宝の山なのである。

2 今回鶴見大学図書館に収蔵された古筆手鑑一帖

さて、このたび鶴見大学図書館蔵となった古筆手鑑は、折帖《おりじょう》一帖で、江戸時代に製作されたものとみられる。金茶地に唐花唐草瑞鳥文様《からはなからくさずいちょうもんよう》織り出しの緞子《どんす》表紙。その中央に「古筆手鑑」と墨書した金龍欄紋《りゅうらんもん》・金野毛砂子《のげすなご》散らしの雲紙《くもがみ》題簽《だいせん》がある。折帖自体は、縦三十九・七㎝×横二十四・三㎝×高さ十三・〇㎝。全四十五折、オモテ・ウラ合わせて全九十面。植物・雲霞・遠山・鳥等の大和絵を描いた見返しに続けて、伝聖武天皇筆大和切《やまとぎれ》『賢愚経《けんぐきょう》』断簡、いわゆる大聖武《おおじょうむ》三行を筆頭に、古筆切類百四十四点・短冊二百十六点・色紙七点の、合計三百六十七点が貼付されている。時に台紙部分に上品な唐紙《からかみ》が用いられていたり、金泥などで装飾された高級な極札《きわめふだ》（鑑定札）が散見されたりするのと同時に、他の古筆手鑑にまま見られるような、古筆切類の貼り替え痕がほとんどなく、製作当時の姿をほぼそのまま保っているようである。平安時代書写の名物切こそ数少ないが、総じて古筆手鑑としては第一級、と認めてよさそうである。

では具体的に当該手鑑には、一体どのような古筆切類が貼られているのか。その全体像については、WEBを活用するなど、本書とは別の方法・媒体で公開していくこととして、とりわけ資料的価値の高いものをいくつか列挙してみよう（なお人名の上に「伝」とあるのは、その人物が本当に筆者だったのかどうか、確証がないことを意味する）。

①伏見院筆・筑後切《ちくごぎれ》『拾遺集』断簡…巻十九巻頭歌
②伝後宇多院筆・未詳歌集断簡…京極派歌人の歌集・詠草たる松木切の一種か
③後崇光院筆・未詳絵詞《えことば》断簡…元寇（蒙古襲来）に関わる某社縁起の類か
④尊円筆『風雅集』断簡…第十七勅撰集の奏覧正本（竟宴本）の断簡
⑤伝一条兼良筆『源氏物語』断簡…桐壺巻末部分に一条兼良筆の識語・花押あり
⑥伝二条為氏筆『俊頼髄脳《としよりずいのう》』断簡…現存最古写のひとつ
⑦伝二条為氏筆『家隆卿集』断簡…現存最古写たる宮内庁書陵部蔵残欠本の散佚部分
⑧伝平業兼《なりかね》筆・春日切《かすがぎれ》『師輔《もろすけ》集』断簡…同集の最古写本
⑨伝寂然筆・大富切《おおとみぎれ》『具平《ともひら》親王集』断簡…平安時代散佚私家集の一部分
⑩伝慶運筆・松梅院切『続《つぎ》三百三十三首和歌（中院亭千首題）』断簡…鎌倉時代末期散佚定数歌の一部分
⑪伝寿暁筆『顕注密勘《けんちゅうみっかん》』断簡…散佚「萩原殿御本」の（おそらくは転写本の）一部分

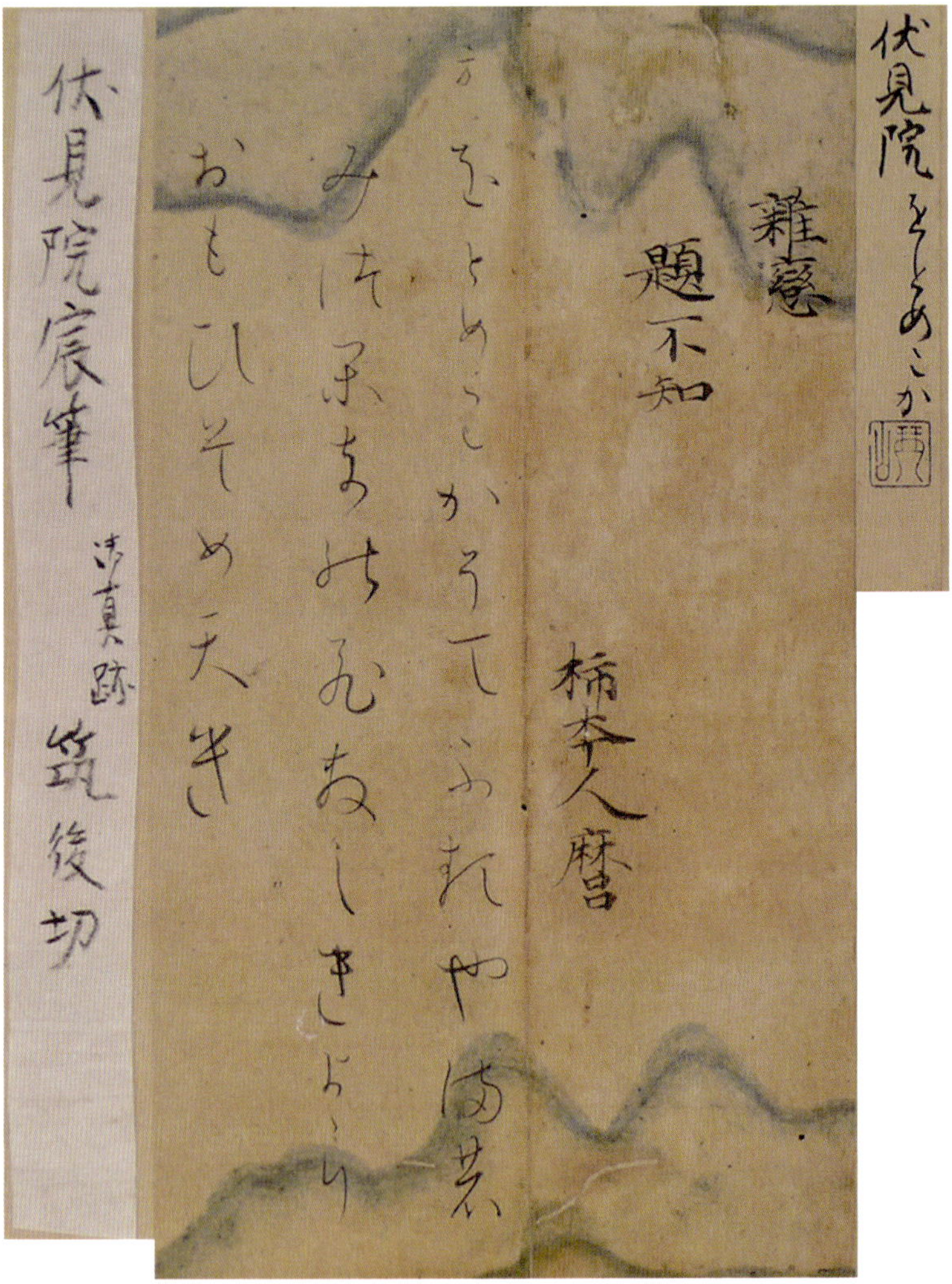

①伏見院筆　筑後切　『拾遺集』断簡
鎌倉時代後期写

伏見院宸筆による三代集の巻子本を分割。当該断簡は『拾遺集』巻十九・雑恋の巻頭一二一〇番歌。縦二十八・一㎝×横十五・七㎝の雲紙料紙。『古筆学大成8』所収。同書に並べられているツレの図版からしても、同一典籍の中で伏見院が、多様な書式・書風を自在に使いこなしつつ、『拾遺集』を書写していたことが知られる。本文は『拾遺集』現存伝本中では珍しい、定家の貞応元年（一二二二）九月本。

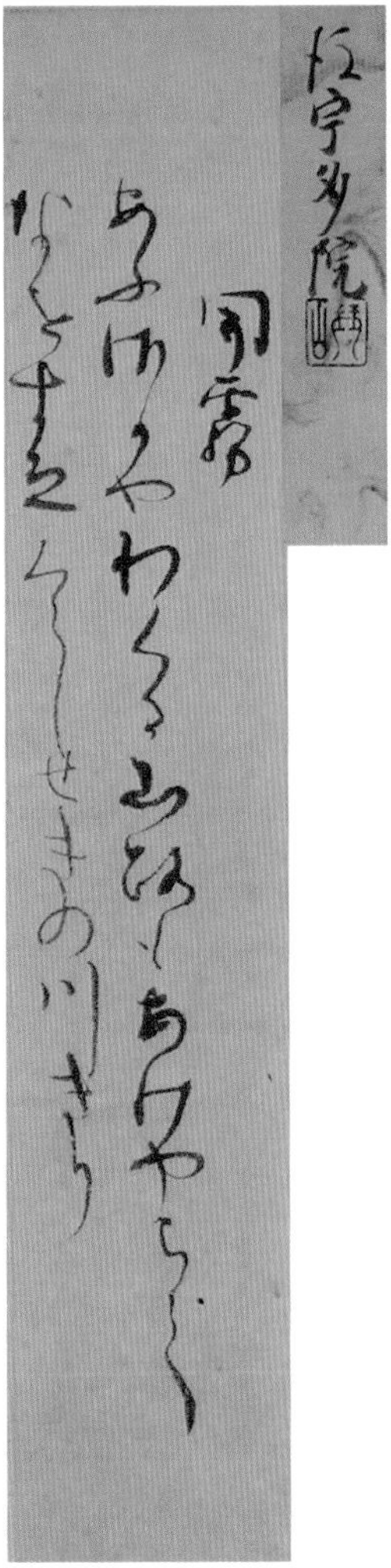

②伝後宇多院筆　未詳歌集断簡

鎌倉時代後期写

伝後宇多院筆の古筆切としては、京極派歌人の詠草複数を書写した松木切が著名。当該断簡は、縦三十一・八㎝×横六・〇㎝で、筆蹟を含め、その松木切に近似している。書写されている一首は出典未詳ではあるが、下句「なをするくらし」といった表現が、京極派和歌の特徴に通じていようか。やはり松木切の一種とみてよいものかもしれない。

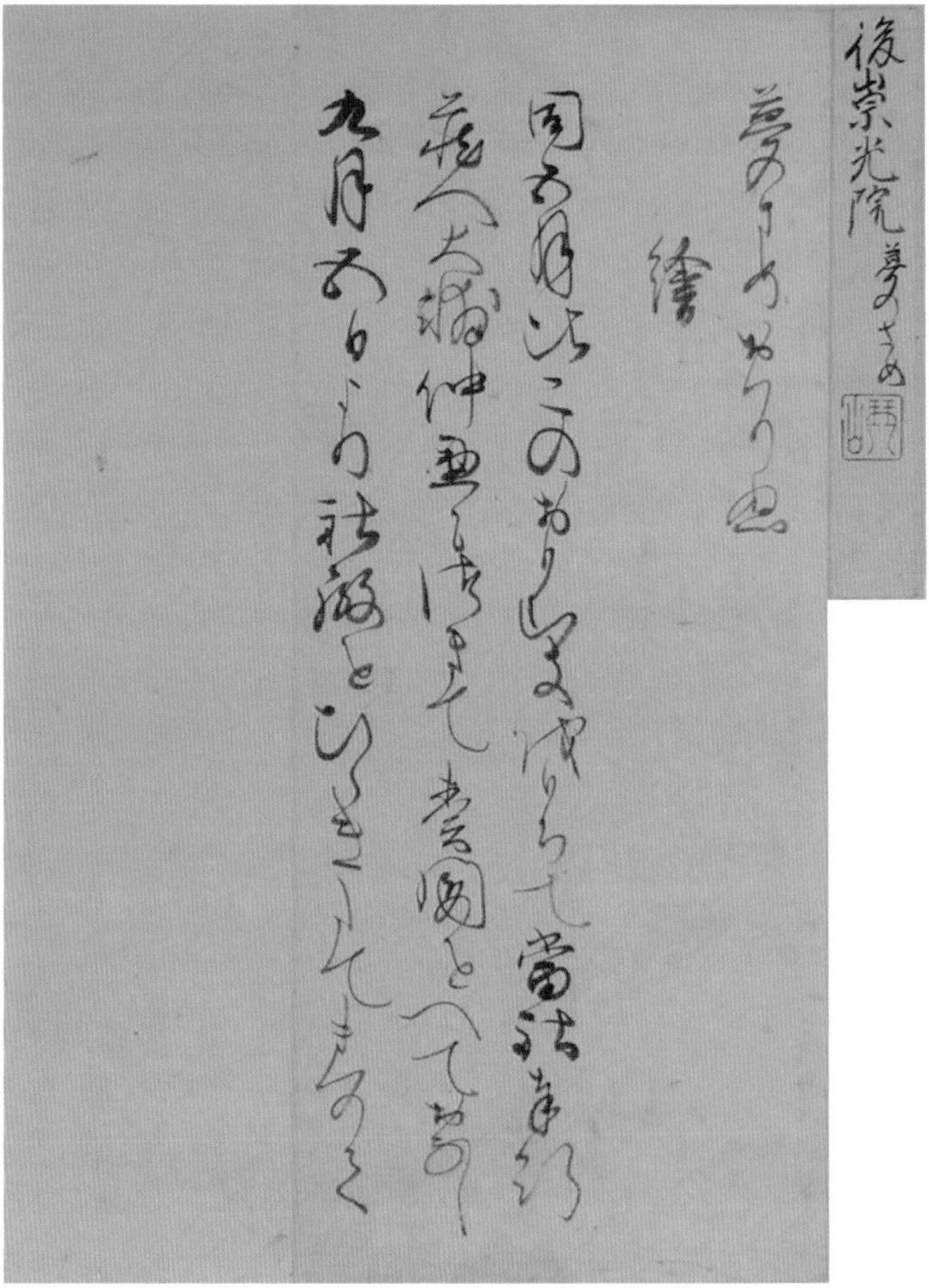

③後崇光院筆　未詳絵詞断簡

室町時代前期写

後崇光院の真筆とみられる未詳絵詞の断簡。縦二十七・七㎝×横十一・〇㎝＋補紙六・五㎝。某社にまつわる霊験などを内容の一部に含んだ、縁起絵巻の詞書部分を転写したものであったか。四行目「蔵人大夫仲兼」は平仲兼（一一四八生〜一三〇五出家）。ツレ数葉のうちには「異国凶徒」「異国降伏」といった文言が見出され、蒙古襲来に関わる内容を含んでいた可能性が高そうである。

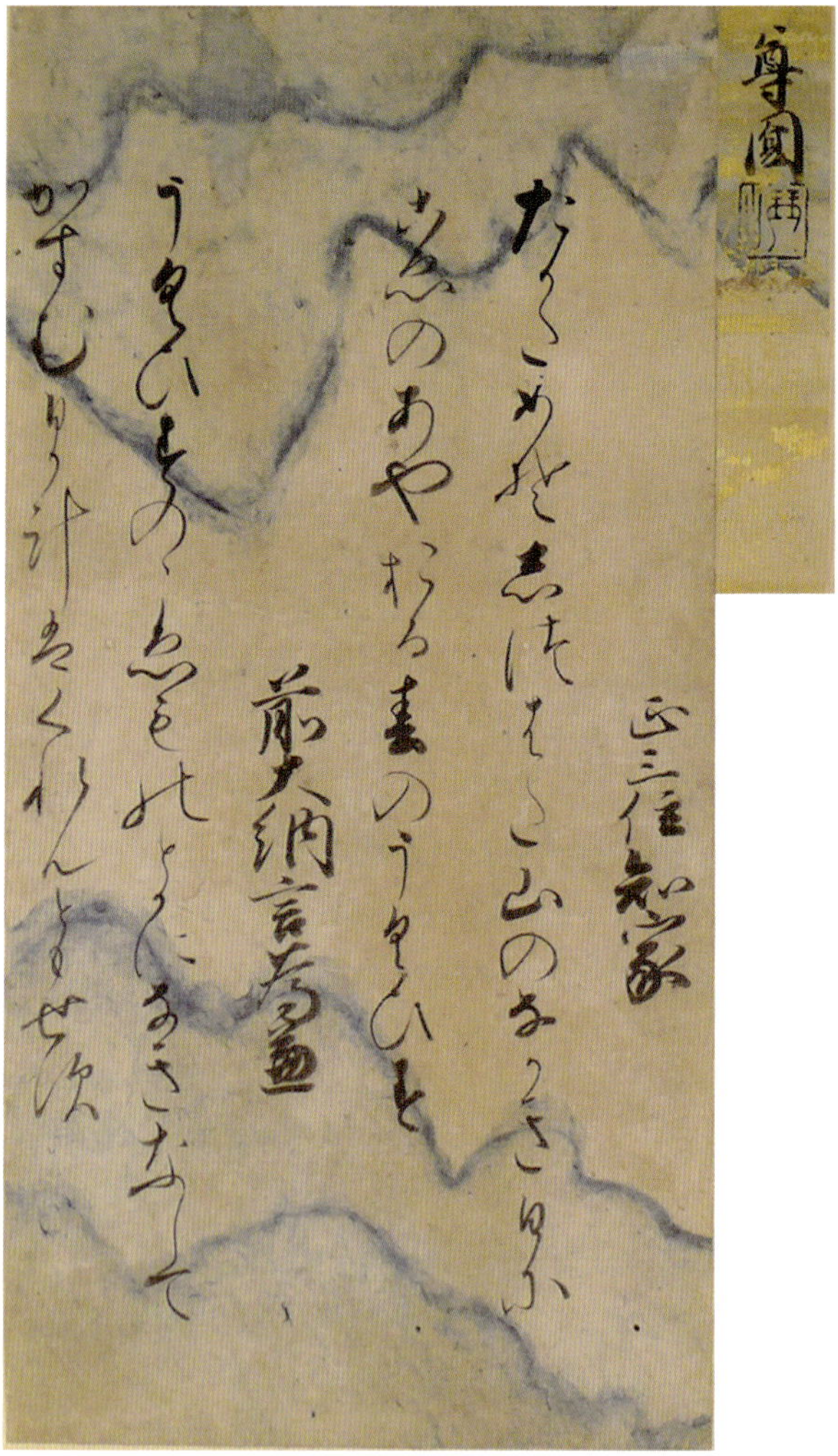

④尊円親王筆　『風雅集』断簡
南北朝時代写

第十七番目の勅撰集『風雅集』には、「竟宴本」「奏覧正本」などと呼ばれる成立時の原本、もしくはそれに極めて近い伝本の、残簡・断簡が複数種類伝わっている。中に貞和二年（一三四六）十一月九日竟宴時の伝本そのものと位置づけられる、巻一・春上・巻末部分の残簡がある。当該断簡はまさしくそのツレ。縦二十八・〇cm×横十四・一cmの雲紙料紙に、巻一・春上・五〇～五一番歌を書写。完全新出の、極めて貴重な一葉と言える。

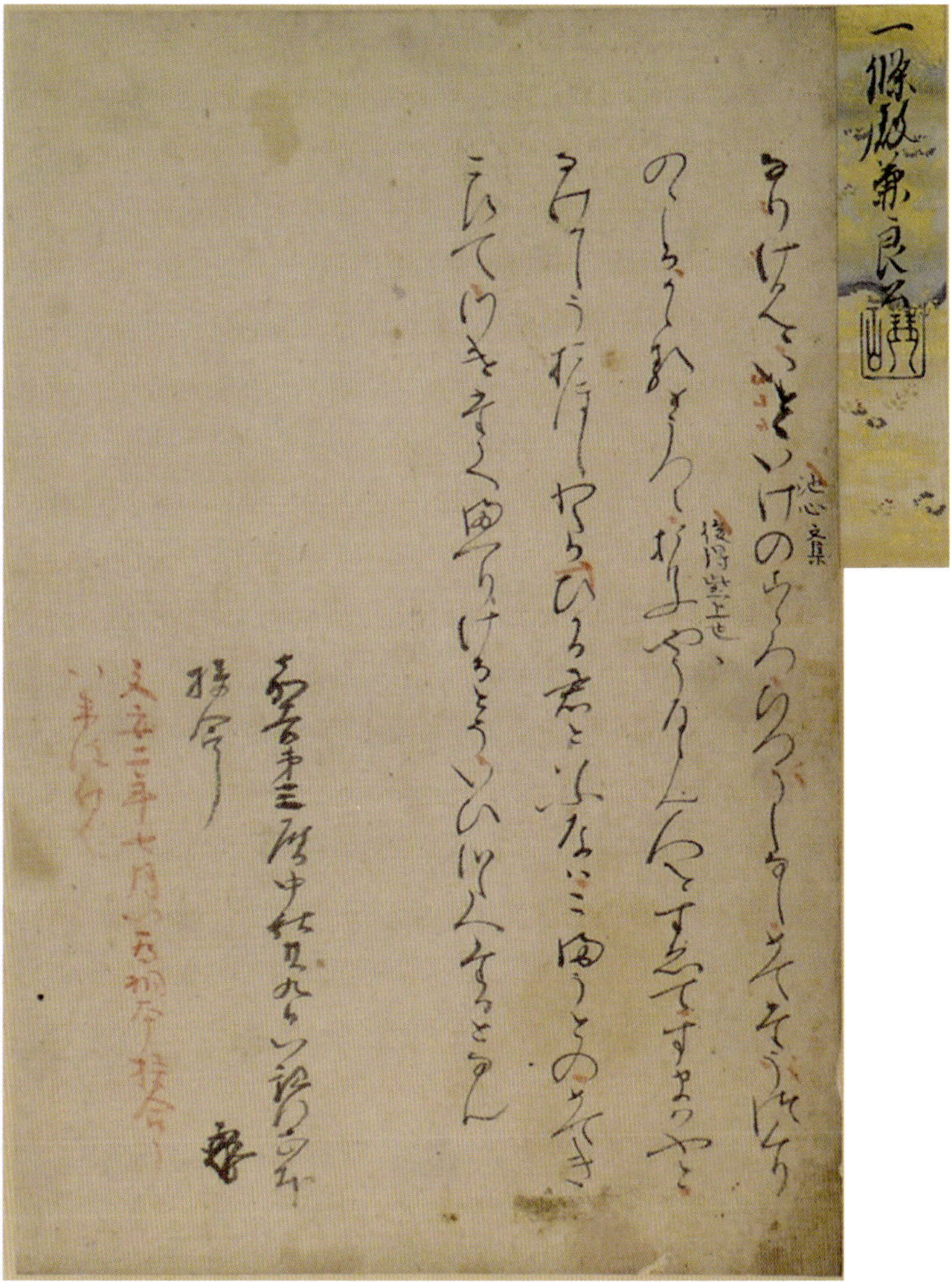

⑤伝一条兼良筆　『源氏物語』断簡
室町時代中期写

『源氏物語』「桐壺」最末尾の一葉。縦二十六・〇cm×横十七・四cm。本行部分は別筆だろうが、続く二種の識語と花押とは一条兼良自筆とみられる。最初の識語には、嘉吉三年（一四四三）に「親行正本」（＝河内本の証本か）を以て校合したこと、また次の朱筆の識語には、文安二年（一四四五）に「為相本」（＝冷泉家本か）を以て重ねて校合したことが記されており、実際本行部分にその痕跡を確認できる。『源氏物語』古写本の伝来や享受の一端――それも大碩学兼良が関与した――を垣間見させる貴重な一葉。なお『古筆学大成23』所収（ただしモノクロ）。

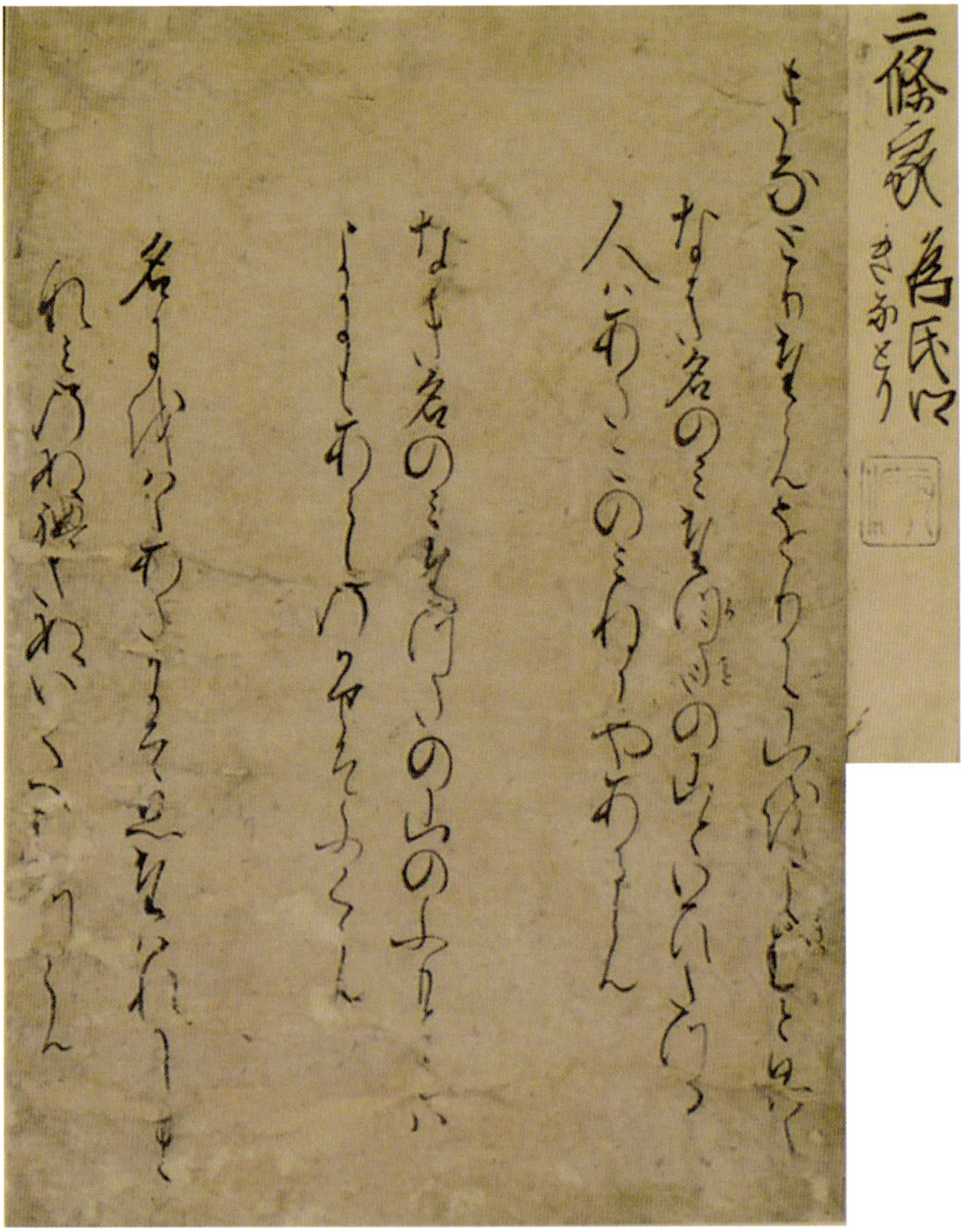

⑥伝二条為氏筆　『俊頼髄脳』断簡

鎌倉時代中期写

『俊頼髄脳』は、源俊頼による平安時代後期の歌学書。伝本としては、冷泉家時雨亭文庫蔵の嘉禎三年（一二三七）定家筆本が最古写本だが、当該断簡はそれに次ぐ古写とみられる。縦十九・九㎝×横十四・〇㎝。『古筆学大成24』所収。また香川大学附属図書館神原文庫蔵手鑑にツレ一葉あり。

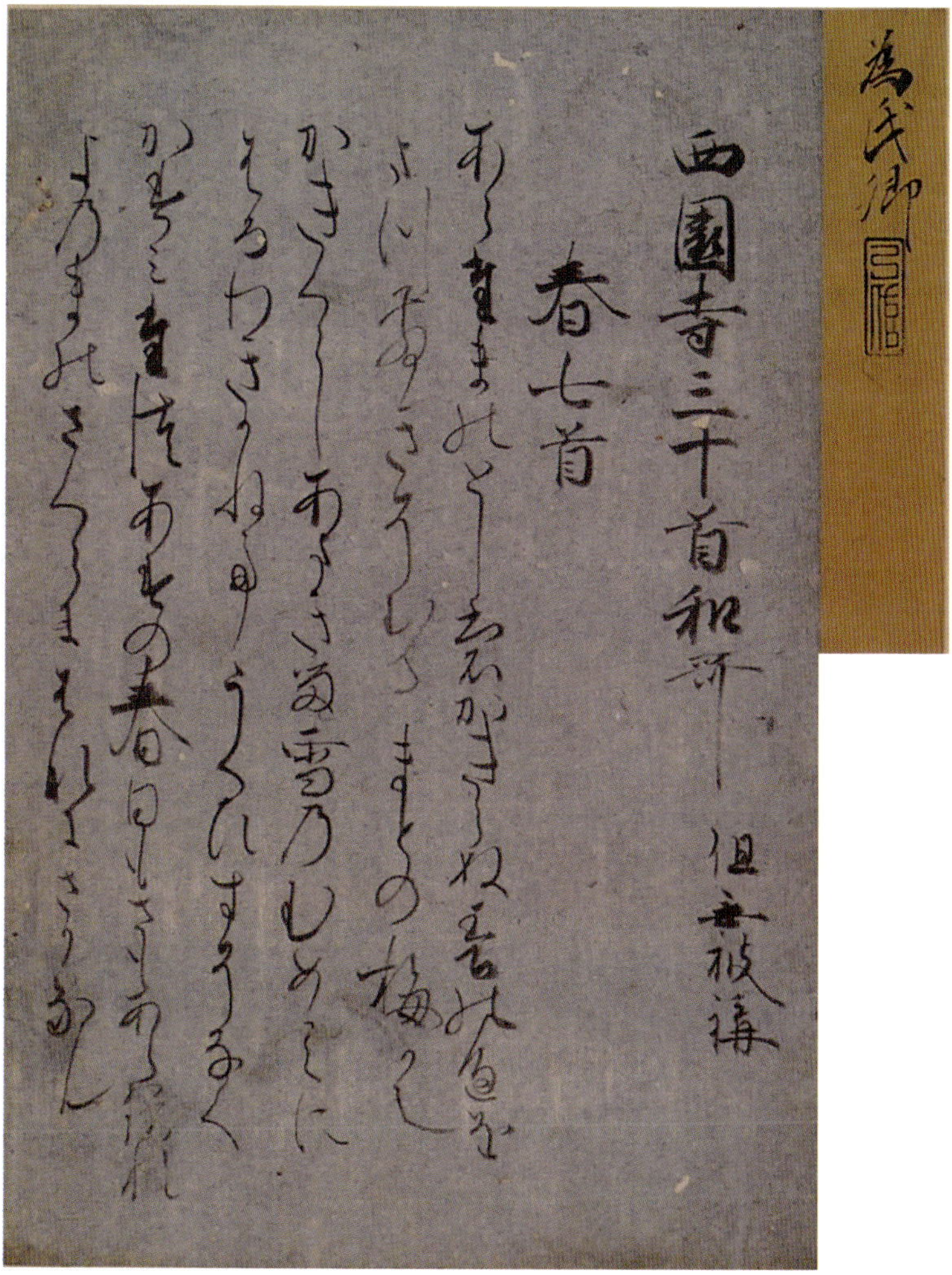

⑦伝二条為氏筆　『家隆卿集』断簡
鎌倉時代中期写

藤原家隆の家集『家隆卿集』（また『壬二集』『玉吟集』とも）の断簡。縦二十二・四㎝×横十四・九㎝の藍紙に、一六三七〜三九番歌（『新編私家集大成』番号）の本文を書写。同集の現存最古写本は宮内庁書陵部蔵三帖本だが、うち中帖には多くの欠落部分が存する。当該断簡はその欠落部分のうちの一面分に該当するものであり、同本の欠落をわずかながらも復元し得る重要資料。すでに『古筆学大成22』にも収められているものの、「西園寺三十首切」と分類され、『家隆卿集』の断簡とは見なされてこなかった。

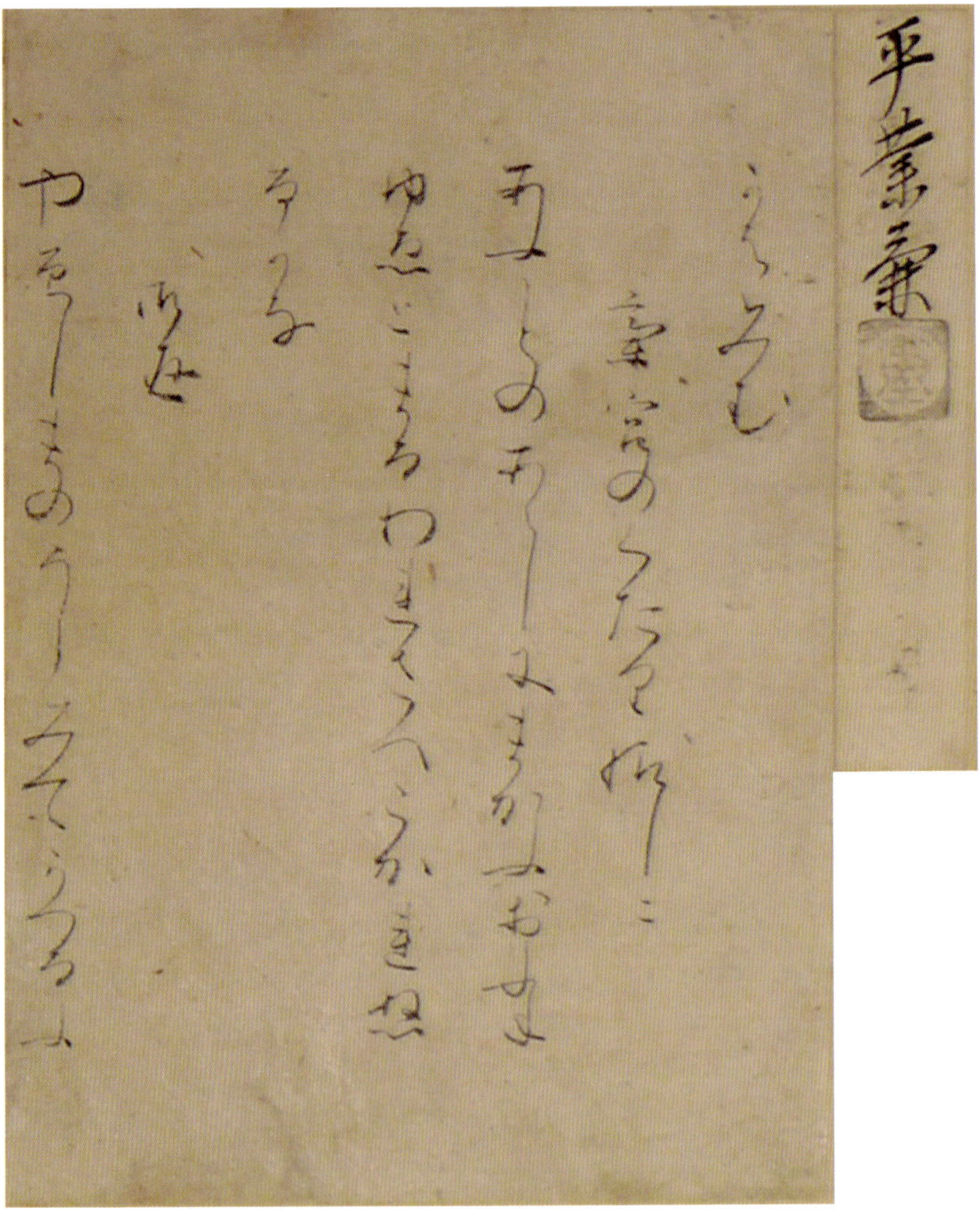

⑧伝平業兼筆　春日切『師輔集』断簡

平安時代末期写

春日切は『師輔集』や『実頼集《さねより》』、また散佚『花山院御集』といった複数の私家集を書写した、もと粘葉装《でっちょうそう》の冊子本を分割したもの。当該断簡はうち『師輔集』の一部分。縦十七・〇㎝×横十二・一㎝。分割以前の典籍時、当該断簡はとある丁のウラ面だったとみられるが、偶然にも同じ丁のオモテ面に該当するツレ一葉が、先に本学図書館に収蔵されていた。数百年もの間、離ればなれになっていたオモテ面とウラ面とが、このたび再会し得たという奇縁、古筆切の伝来の不思議さと面白さを思わずにはいられない。

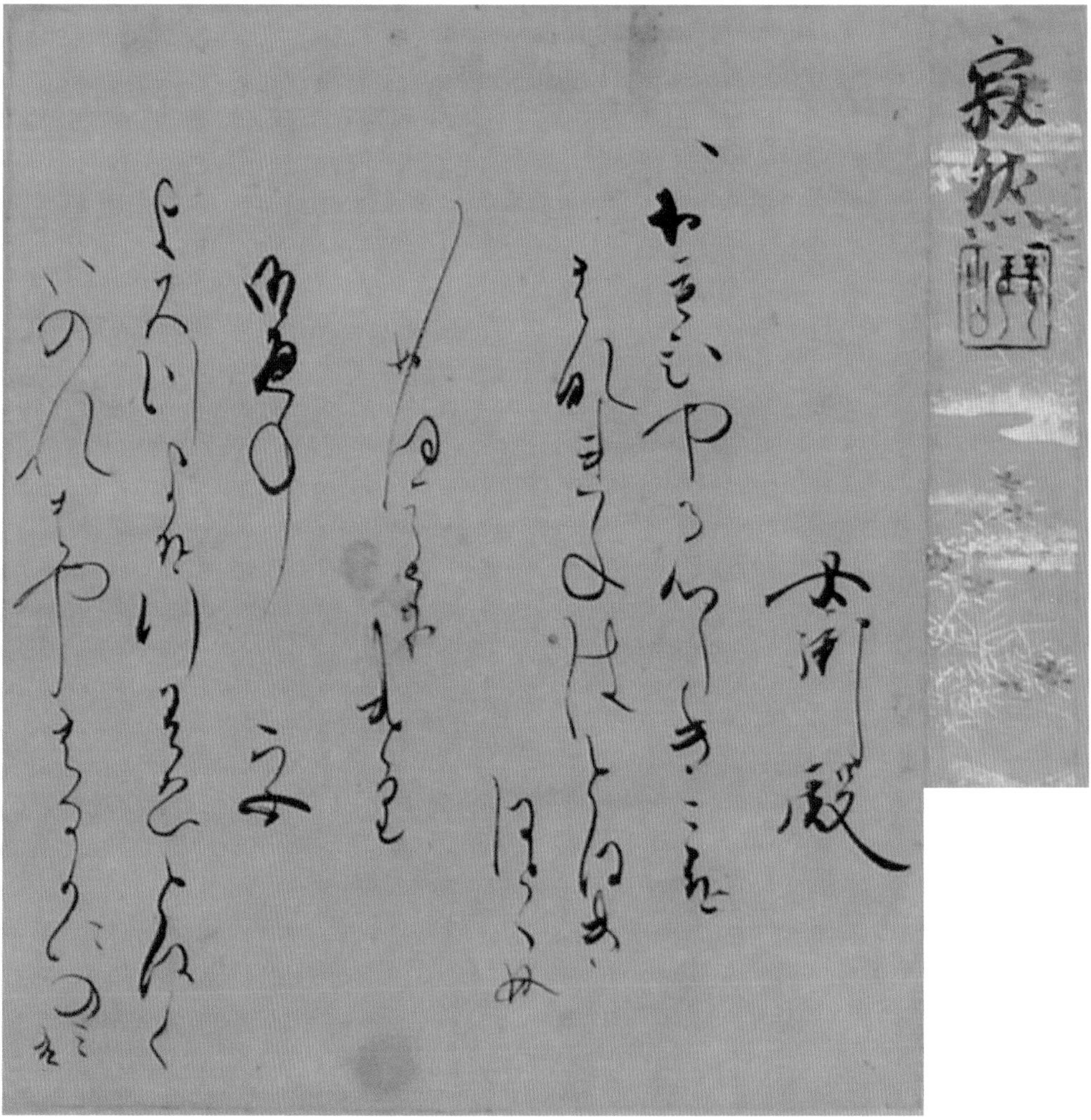

⑨伝寂然筆　大富切　『具平親王集』断簡　平安時代末期写

完本としては現存しない、平安時代散佚私家集『具平親王集』の本文を、部分的ながらも今に伝える貴重な断簡のうちの一葉。縦十五・七㎝×横十三・五㎝。『古筆学大成19』所収。「女御殿」（特定不能か）と「宮」（具平親王）との贈答歌。具平親王を「宮」と呼び、その歌を「御返事」としている点から、同集が他撰家集だったことが知られる。

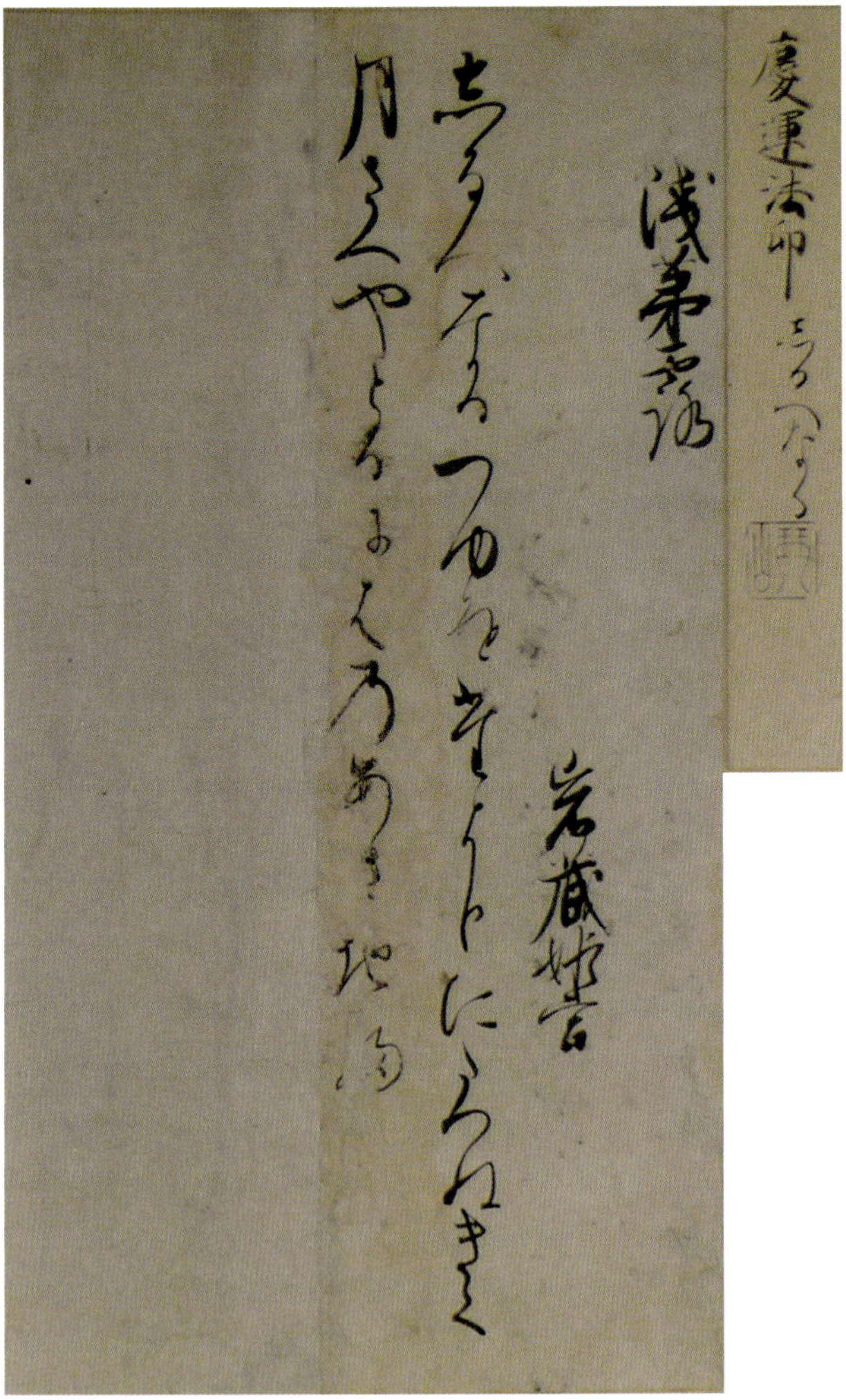

⑩伝慶運筆　松梅院切

「続三百三十三首和歌（中院亭千首題）」

断簡　鎌倉時代最末期写

　松梅院切は、元徳二年（一三三〇）北野社に奉納された三百三十三首和歌など、複数の続歌《つぎうた》を浄書した巻子本複数を分割したもの。いずれも散佚作品である。当該断簡は縦二十五・九㎝×横七・九㎝＋補紙六・一㎝。すでに先学によって紹介済みの一葉で、松梅院切A〜C類のうち、「中院亭千首」題に基づくとおぼしきB類に属するもの、と指摘されている。

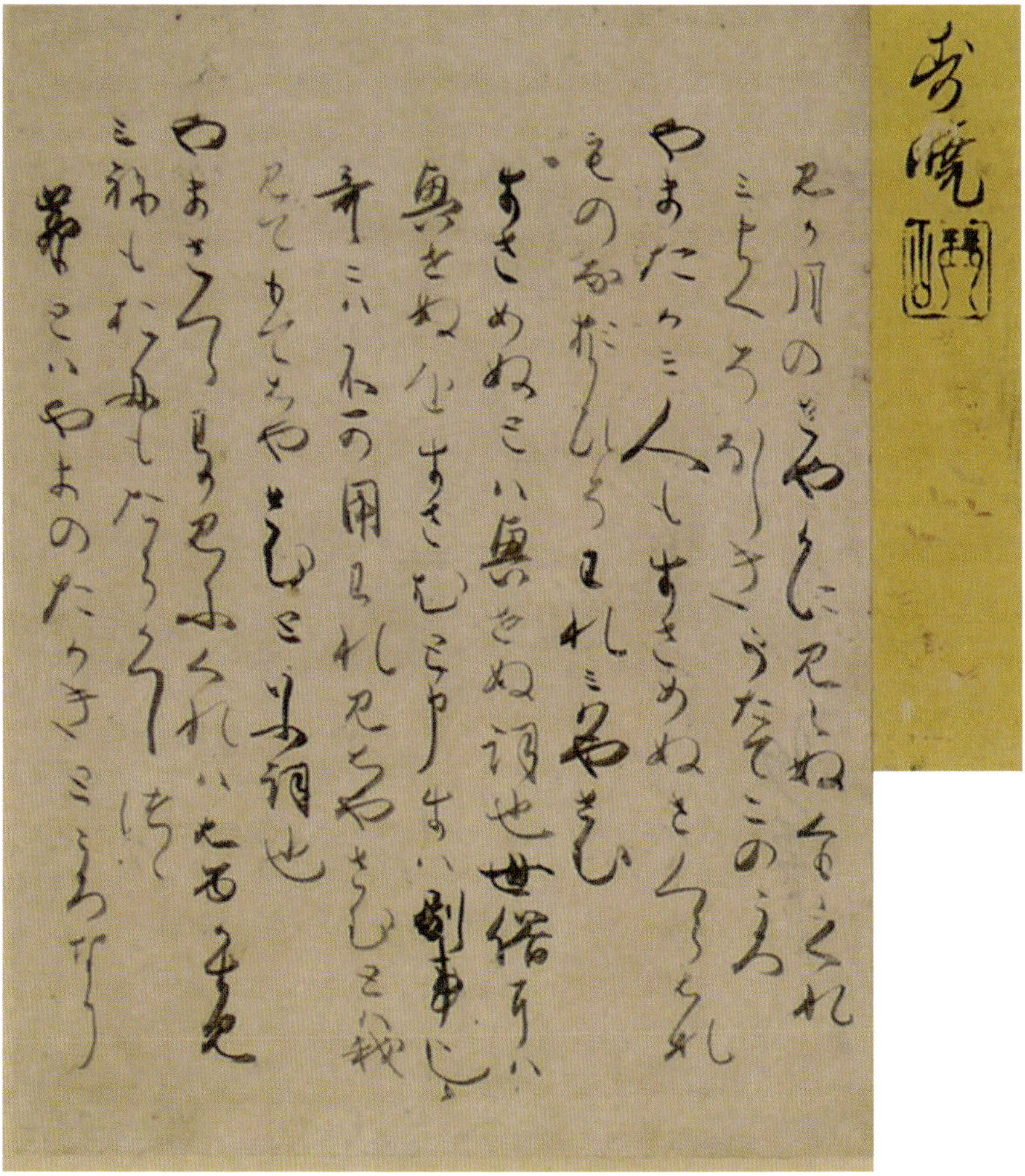

⑪伝寿暁筆　『顕注密勘』断簡
南北朝～室町時代初期写

顕昭『古今秘注抄』に定家が自説を加えた『古今集』の注釈書『顕注密勘』の断簡。縦十七・〇㎝×横十三・一㎝。『古今集』巻一・春上の四七・五〇～五一番歌に該当するもの。既知のツレには目立った異文が見出されていなかったので、従来の研究において、資料的価値はほとんど認められてこなかった。ところが本学図書館には、当該断簡に加えて、学界未知のツレが十一葉もあり、それらによってこの伝寿暁筆断簡が、散佚した重要伝本「萩原殿御本」と同類の本文を有していることが明らかとなった。今後の再精査が不可欠な資料。

これらのうち①⑤～⑨は、すでに小松茂美氏『古筆学大成』全三十巻（一九八九年一月～一九九三年十一月、講談社）の中に「個人蔵　手鑑所収」として図版掲載されており、周知となっているものである。ただし、より精緻な書誌学的調査を進めていくためには、モノクロ図版よりも現物に当たれる方が望ましいこと、言うまでもない。特に朱筆の混ざる⑤などが、そうである。一方、当該手鑑に貼られているにも関わらず、なぜか『古筆学大成』に掲載されなかった古筆切も相応にある。右で言えば②～④⑩⑪である。

そして同様に『古筆学大成』不掲載となり、よって今日に至るまで、存在が知られることのなかった古筆切が、もう一葉、当該手鑑に貼付されていた。二〇一三年十月二日発行の読売新聞朝刊において「新古今　消えた一首」と報道され、翌三日発行の朝日新聞夕刊において「新古今に未知の歌」と報道され、その翌四日には共同通信によって全国に配信され、数多くの新聞各紙で取り上げられることとなり、さらにそれらのＷＥＢ上における報道を承けて、ツイッターやフェイスブックといった各種ＳＮＳによって情報が大々的に拡散された、伝寂蓮筆『新古今和歌集』断簡一葉がそれである。

3 新発見の一首――伝寂蓮《じゃくれん》筆『新古今集』巻子本《かんすぼん》切――

『新古今集』は第八番目の勅撰和歌集である。建仁元年（一二〇一）十一月、後鳥羽院によって撰進の命が下され、藤原《ふじわらの》有家《ありいえ》・同家隆《いえたか》・同定家《ていか》・同雅経《まさつね》・源《みなもとの》通具《みちとも》の五名が撰者となった（ほか寂蓮も命を受けたが、翌建仁二年〈一二〇二〉に編纂途中で没したので、撰者に数えることはしていない）。かつ後鳥羽院自身も積極的に関与しながら編纂作業が進められ、元久二年（一二〇五）三月二十六日、公的な完成お披露目《ひろめ》祝賀会とでも呼ぶべき「竟宴《きょうえん》」が開催された。この時に供された写本を竟宴本と呼んでいるが、それに該当する本文は今日見出されていないとされる。ともあれここで『新古今集』は公的には完成したはずであったが、その竟宴の直後から、また激しい切り接ぎ作業が再開された。それはほぼ承元二～三年（一二〇八～〇九）頃まで続けられていたかと推定されている。これを切り接ぎ時代と呼んでおり、現存する『新古今集』の数多《あまた》の写本・版本・古筆切は、ほとんどがこの切り接ぎ時代の、とある段階における本文を伝えていると目されている。ただそれだけに、配列や歌の出入り、歌句などに関する甚だしい本文異同が伝本間には存在しており、しかもそれらの伝本同士が接触し、新たな異文が発生したりすることも少なくなかったようである。最新の研究によって、国立歴史民俗博物館蔵の伝冷泉為相《れいぜいためすけ》筆本が、おそらくは『新古今集』の最終的な姿を伝えているだろうという重要な指摘がなされてもいる（以上、田渕句美子氏『新古今集　後鳥羽院と定家の時代』、二〇一〇年十二月、角川選書など）。が、この伝為相筆本を基準本文としていくにしても、錯綜極まる『新古今集』の伝本・本文をどのように整理していくかについては、なお解決には遠く至らない、大きな課題となっている。

さてこのような研究状況を前提とした上で、鶴見大学図書館蔵古筆手鑑所収の、問題の伝寂蓮筆断簡についてみていきたい。まず翻刻・図版は次のとおり。便宜上、これは断簡Zと呼ぶことにする。

〈断簡Z翻刻〉

藤原隆方朝臣
さのみやはつれなかるへきはな（ママ）かせに
山たのこほりうちとけねかし
題不知

この翻刻について一言しておく。三句目の「はな（奈）かせ」（花風）について、最初の公表時には「はる（累）かせ」（春風）と解読していた。それは、

・「花風」という語が、『新古今集』の以前も以後も、古典和歌においてはほとんど詠まれていないこと。
・この一首そのものの歌意として、「春風」の方が適切であること。
・この一首を載せる『万代集』（後述）の最古写本、鎌倉時代中期頃写の龍門文庫本においても「はるかせ」となっ

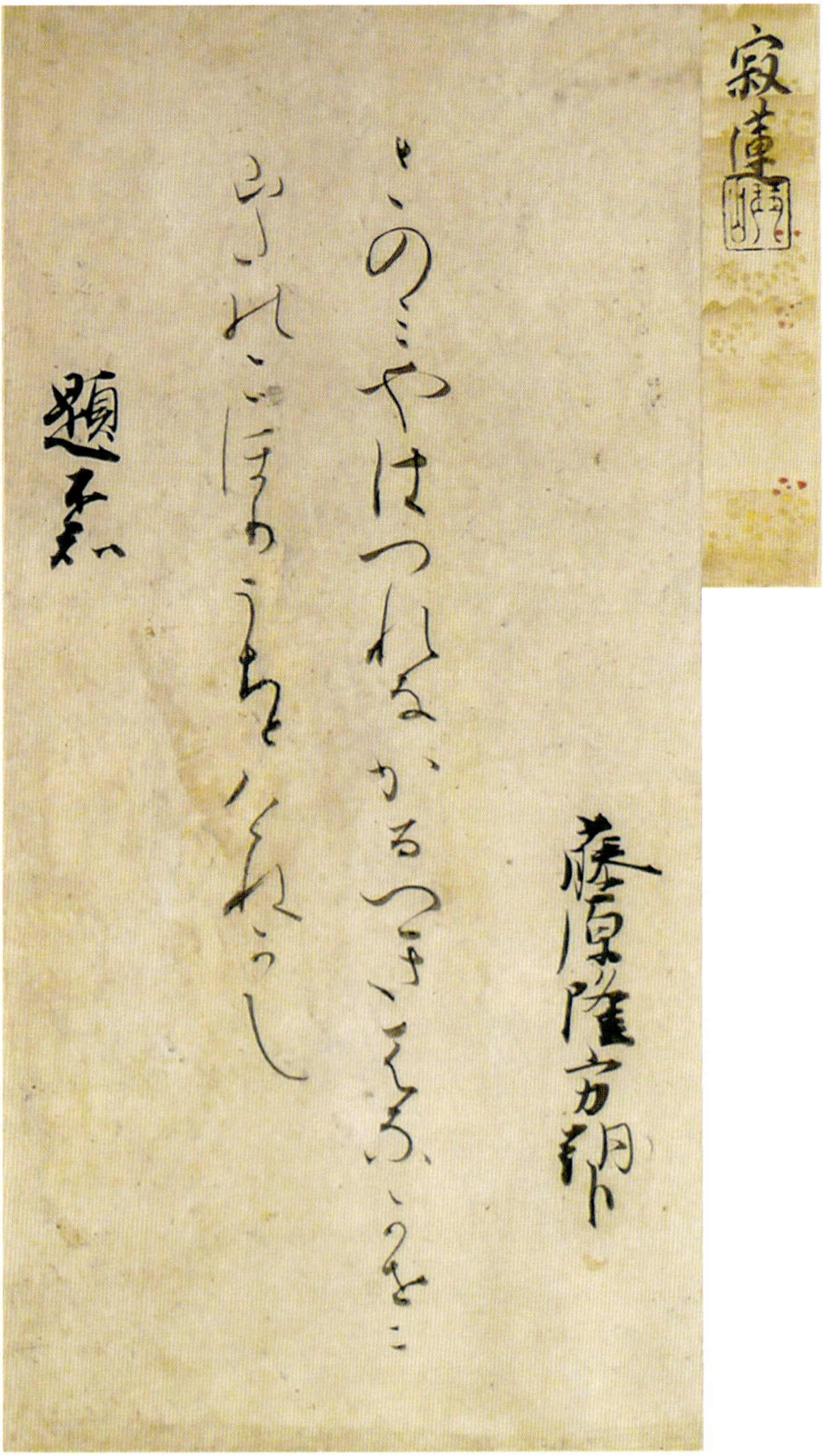

断簡Z

鶴見大学図書館蔵古筆手鑑所収・伝寂蓮筆『新古今集』巻子本切

ていること。
・「な（奈）」と「る（累）」とは、くずし方によってはとてもよく似た書体となること。例えば後掲のツレ――も と同一の古典籍から切り出された古筆切の仲間同士――のうち、断簡A終わりから四行目「わかみなかみも」の、ふたつめの「か（可）」が「ゝ」にも見えたり、断簡B最終行「けさきえぬとも」の「き（支）」が「よ（与）」にも見えたりするのと同様である。こうした事例は普通にあって、その場合は歌意（文脈）や表現などから判断せざるを得ないこと。

などの理由によってであった。しかし断簡Zの紹介後、数名の方から、やはりここは「な（奈）」と読むべきではなかろうか、というご指摘をいただいた。また実際にもツレのうち、例えば断簡K六行目の「ほとなく（保止奈久）」のように、明らかに同じ書体で「な」と読むしかない箇所が見つかりもした。そこで本書の翻刻では「な（奈）」としつつ、ただし本来は「る（累）」とあるべきところであり、その誤写である可能性が高いのだろうと判断し、公表時より改めた。なおそのことを明示するため、問題の箇所には「（ママ）」を付すこととした。

さて当該断簡は、鎌倉時代初期の書写。縦二十八・二cm×横十四・〇cmの元巻子本。斐の具引き紙に、作者名と歌一首とが、端正な筆致で、実にゆったりと書写されている。上句の字高は二十三・六cm、作者名と上句との行間は二・五cm程度、また上句と下句との行間は一・五cm程度、下句と次歌の詞書との行間は二・〇cm程度。さらに言えば、次掲のツレからも明らかなように、詞書の下に余白があっても改行し、作者名だけで一行分を用いてもいる。紙が大変な貴重品だった時代に、何と贅沢な使い方なのであろうかと驚かされるが、ともあれこうした寸法・筆蹟・書式などから、当該断簡は『古筆学大成　第十巻　新古今和歌集1』（一九九一年五月、講談社）所収「伝寂蓮筆　新古今和歌集切（二）」のツレとみて間違いないものである。

この「伝寂蓮筆　新古今和歌集切（二）」――以下仮に「巻子本切」と呼ぶ――は、『古筆学大成』では五葉集成されている。それに加えて現時点で、問題の断簡Zとは別に、あと六葉分をも見出すことができているので、断簡Zを除く合計十一葉を、歌番号順に紹介・解説してみよう。

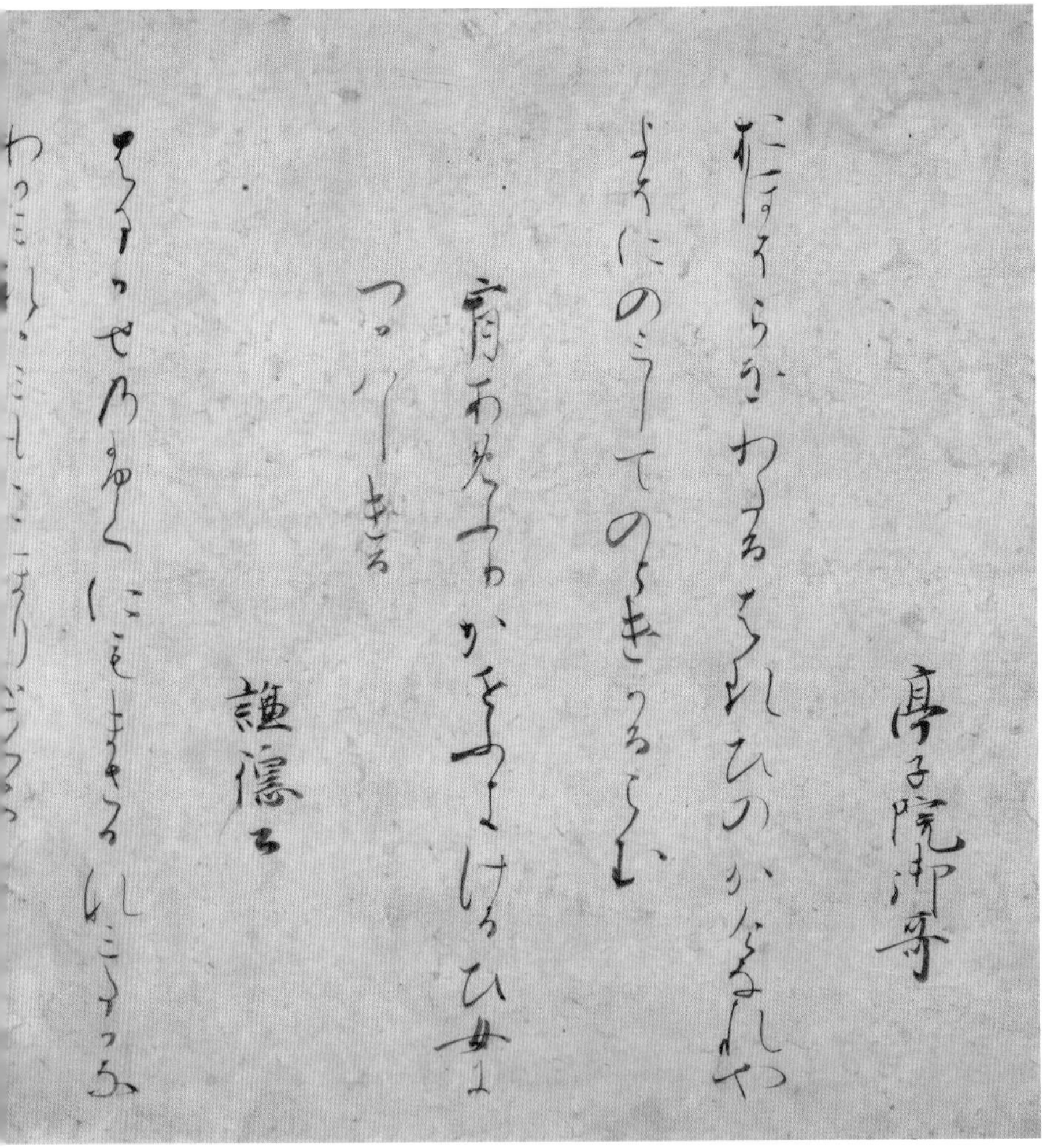

④ 新発見の一首のツレ——もとの古典籍から切り出された仲間——を探す

断簡A　巻十一・恋一・一〇一九作者名〜二二下句。五島美術館蔵古筆手鑑『筆陣毫戦』のオモテ側『筆陣』面に所収。極札ナシ。料紙は斐の具引き紙。縦二十七・一cm×横三十・五cm。現存断簡中、横の寸法が最長であり、従って行数も最多である。左端の余白が一見不審のようであるが、よくよく観察してみると、「題不□」という文字の抹消痕がある（ちなみに現存他伝本において、続く一〇二二の詞書は確かに「題不知」である）。見栄えのために擦り消されたものだろう。そ

▶断簡A

れを加えれば本来の行数は十二行。断簡Aのこの寸法と行数とが、おそらくは原装時の巻子本のちょうど一紙全面分だったのだろう。

〈翻刻〉

亭子院御哥
おほそらをわたるはるひのかけなれや
よそにのみしてのとけかるらむ（一〇一九）
正月あめふりかせふきけるひ女に
つかはしける
謙徳公
はるかせのふくにもまさるなみたかな
わかみなかみもこほりとくらし（一〇二〇）
たひ〳〵かへりことせぬ女に
水のうへにうきたるとりのあともなし
お□つかなさをおもふころかな（一〇二一）
（抹消）題不

断簡B（模刻） 巻十一・恋一・一〇二四上句～二五下句。現存他伝本と比較する限りにおいては（以下同）、次の断簡Cと内容的に直結するもの。慶安四年（一六五一）刊行の模刻古筆手鑑、いわゆる慶安手鑑所収。料紙種別は未詳。縦二十六・三cm×横十一・〇cm。縦横の寸法や行間の取り方はあまり忠実ではないものの、筆蹟の特徴は一致するので、巻子本切のツレの模刻とみてよさそうである。なおこの断簡Bによって、巻子本切がすでに慶安四年以前には分割されていたことが知られる。

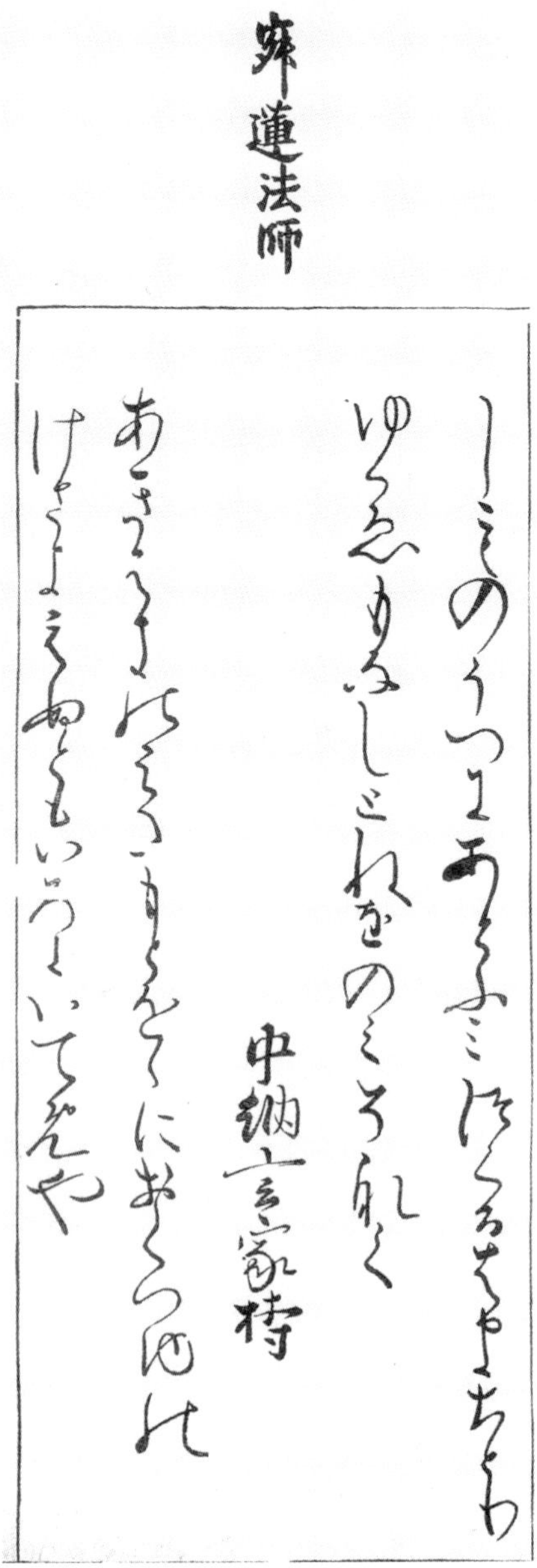

▲断簡B

〈翻刻〉

しものうへにあとふみつくるはまちとり
ゆくゑもなしとねをのみそなく（一〇二四）
中納言家持
あきはきのえたもとをゝにおくつゆの
けさきえぬともいろにいてめや（一〇二五）

断簡Ｃ　巻十一・恋一・一〇二六作者名～下句。前の断簡Ｂと内容的に直結。池田和臣氏蔵。池田氏・小田寛貴氏「古筆切の年代測定Ⅳ――加速器質量分析法による炭素14年代測定――」（『中央大学文学部紀要　言語・文学・文化』第百九号、二〇一二年三月）や、池田氏「最新科学で書を鑑定する　ＶＯＬ・9　伝寂蓮筆新古今和歌集切――最古の新古今――」（『聚美』ＶＯＬ・9、二〇一三年十月、聚美社）などで紹介。料紙は斐の素紙の由（池田氏のご教示）。縦二十七・四㎝×横八・九㎝。左下角の、料紙の色が異なっている横長の長方形部分や、また料紙余白部分のところどころに認められる墨うつりは何であろうか。なお後述。

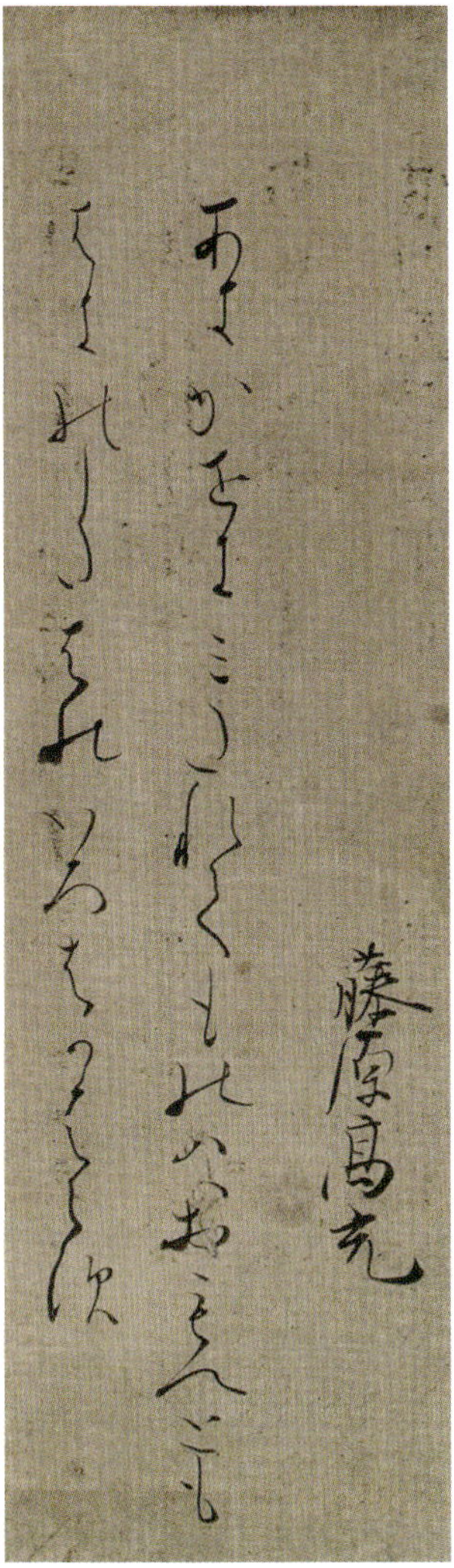

▲断簡Ｃ

〈翻刻〉

藤原高光

あきかせにみたれてものはおもへとも

はきのしたはのいろはかはらす（一〇二六）

断簡Ｄ　巻十一・恋一・一〇二七作者名～下句。佐野美術館蔵『古新一覧手鑑』所収。極札には「二条家為世卿（琴山）」とあり、かつ料紙の左半分は、まったく別種の『新後撰集』断簡（巻一・春上・三二）を呼び継ぎしたものであるが、右半分は巻子本切のツレとみられる。料紙は斐の素紙か。縦二十六・三㎝×横八・三㎝。縦の寸法が他のツレに較べて短いが、天地の余白が裁ち落とされているのだろう。上句の字高は二十三・一㎝とほぼ一致している。ただし行間がやや狭いようであり、筆勢も若干弱く見えないでもないが、模写というわけではなさそうである。

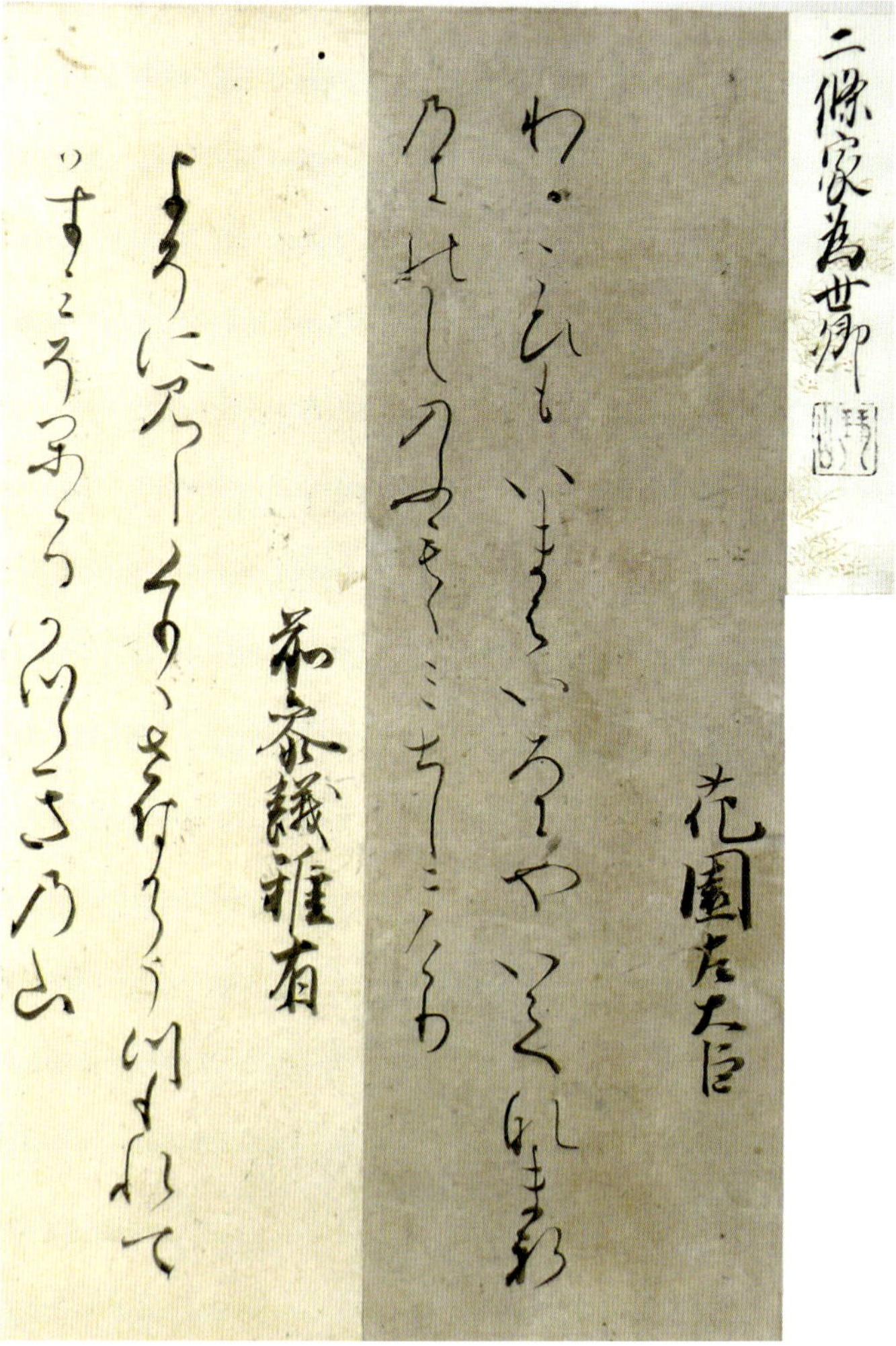
▲断簡D

〈翻刻〉

花園左大臣

わかこひもいまはいろにやいてなまし

郵便はがき

料金受取人払郵便

神田局
承認

1330

差出有効期間
平成28年6月
5日まで

101-8791

504

東京都千代田区猿楽町2-2-3

笠間書院 営業部 行

■ 注 文 書 ■

◎お近くに書店がない場合はこのハガキをご利用下さい。送料380円にてお送りいたします。

書名 冊数

書名 冊数

書名 冊数

お名前

ご住所 〒

お電話

読　者　は　が　き

●これからのより良い本作りのためにご感想・ご希望などお聞かせ下さい。
●また小社刊行物の資料請求にお使い下さい。

この本の書名＿＿＿＿＿＿＿＿＿＿＿＿＿＿＿＿＿＿＿＿＿＿＿＿＿＿

本はがきのご感想は、お名前をのぞき新聞広告や帯などでご紹介させていただくことがあります。ご了承ください。

■本書を何でお知りになりましたか（複数回答可）

1. 書店で見て　2. 広告を見て（媒体名　　　　　　　　　　　）
3. 雑誌で見て（媒体名　　　　　　　　　　　）
4. インターネットで見て（サイト名　　　　　　　　　　　）
5. 小社目録等で見て　6. 知人から聞いて　7. その他（　　　　　　　　　　　）

■小社PR誌『リポート笠間』（年2回刊・無料）をお送りしますか

はい　・　いいえ

◎上記にはいとお答えいただいた方のみご記入下さい。

お名前

ご住所　〒

お電話

ご提供いただいた情報は、個人情報を含まない統計的な資料を作成するためにのみ利用させていただきます。個人情報はその目的以外では利用いたしません。

のきのしのふもゝみちしにけり（一〇二七）

断簡E　巻十一・恋一・一〇三二詞書〜下句。次の断簡Fと内容的に直結。『古筆学大成』図版17。個人蔵手鑑所収の由。料紙は斐の具引き紙か。寸法未詳（ちなみに『古筆学大成』の図版は原寸大よりやや縮小しているようである。以下同）。

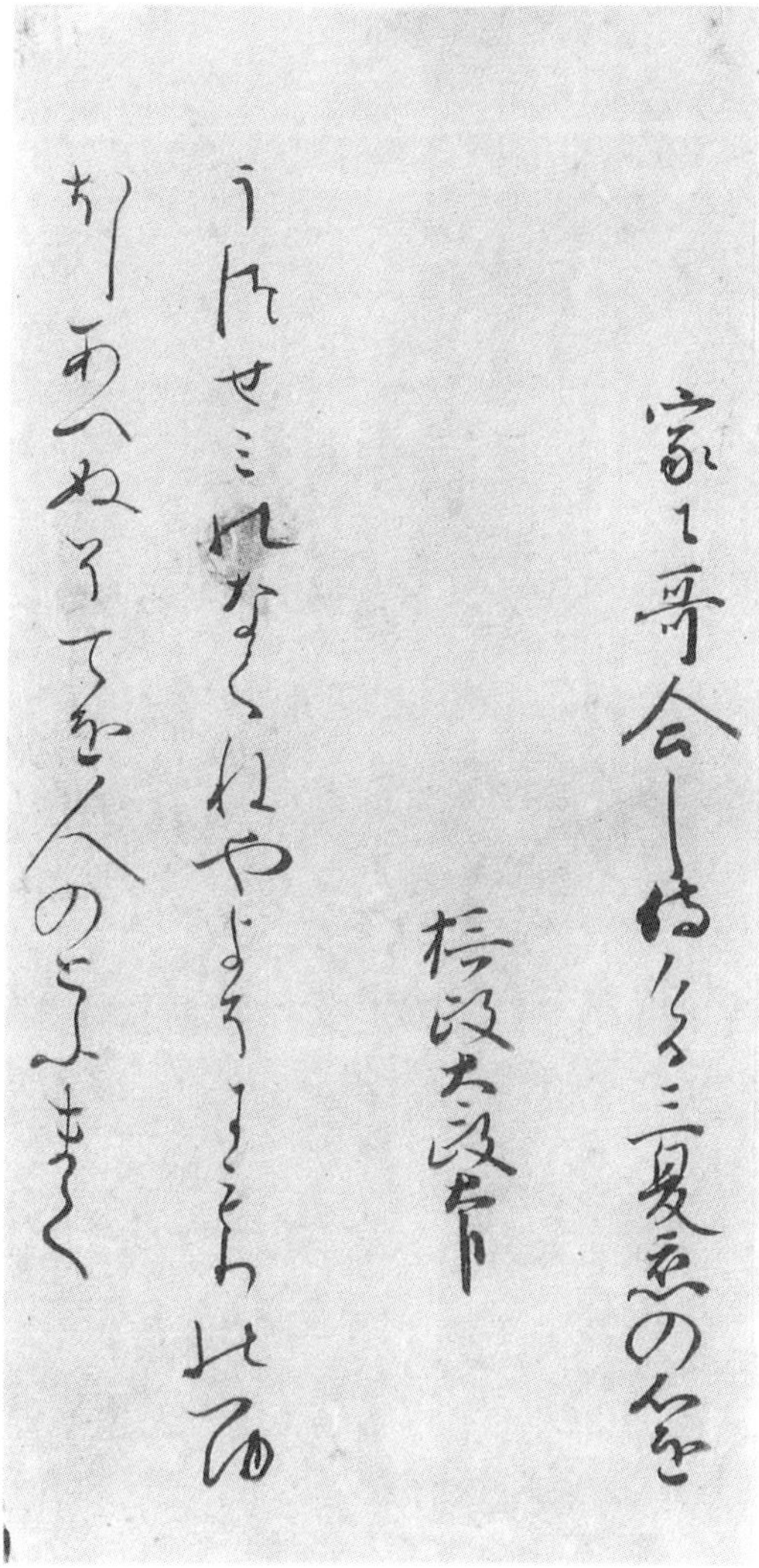

▲断簡E

〈翻刻〉

家に哥合し侍けるに夏恋の心を
摂政太政大臣
うつせみ（抹消痕）のなくねやよそにもりのつゆ
ほしあへぬそてを人のとふまて（一〇三二）

断簡F　巻十一・恋一・一〇三二作者～下句。前の断簡Eと内容的に直結。『郷男爵家御蔵品入札』（某年十一月二十四日入札、東京美術倶楽部）一〇四に「寂蓮　歌一首　了仲、了音、牛庵極」として図版掲載。かなり小さく不鮮明な図版であるが、書式・筆蹟などからツレと認め得る。断簡A同様、左端の余白が目立つが、よく見ると料紙の表面が荒れており、やはり次歌の本文（詞書か）が擦り消されたもののようである。料紙は斐の具引き紙か。寸法未詳。

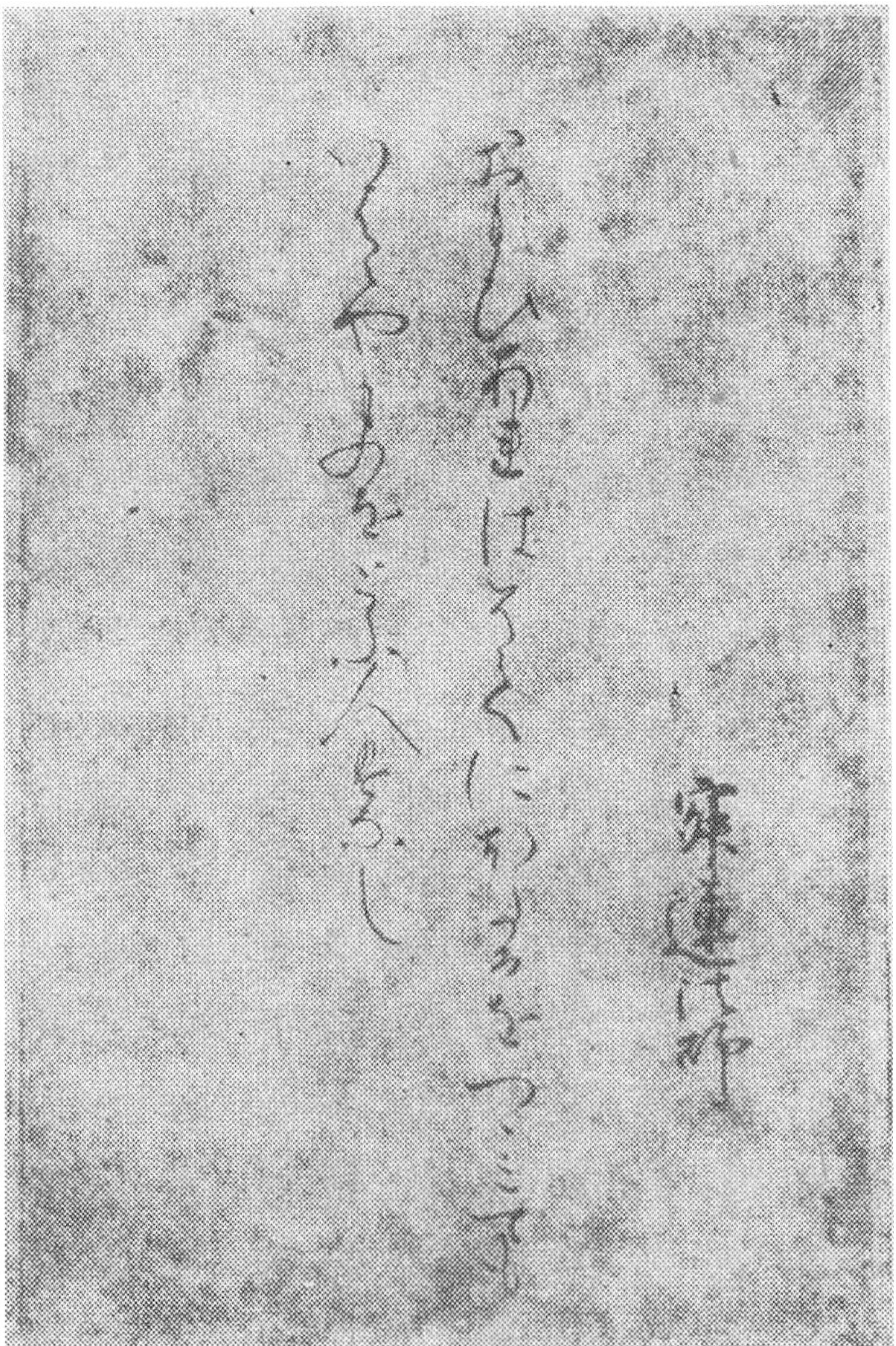

▲断簡Ｆ

〈翻刻〉

寂蓮法師

おもひあれはそてにほたるをつゝみても
いはゝやものをとふ人はなし（一〇三二）

断簡G　巻十一・恋一・一〇三七。日比野浩信氏蔵。紙背に「慶運入道前関白」と墨書された小紙片貼付。料紙は素紙にも見えるが、斐の具引き紙でよいか。縦二十八・四cm×横九・九cm。

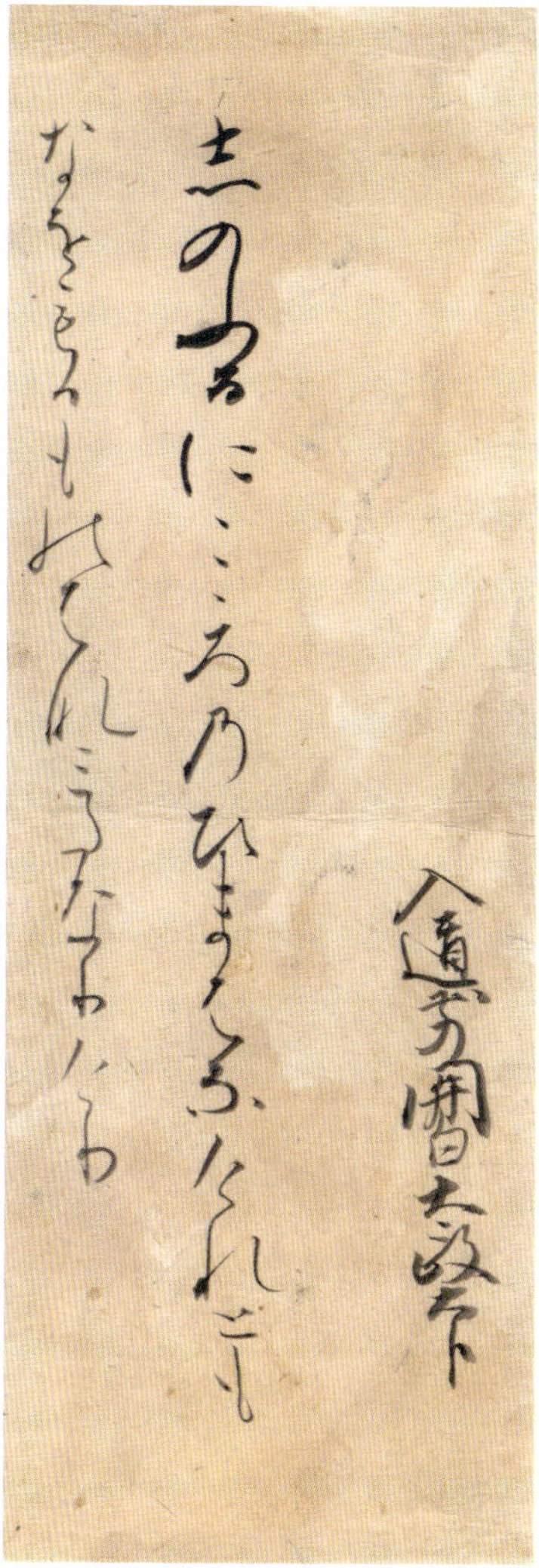

▲断簡G

〈翻刻〉

入道前関白太政大臣

しのふるにこゝろのひまはなけれとも
なをもるものはなみたなりけり（一〇三七）

断簡H　巻十一・恋一・一〇三八詞書途中〜下句。佐野美術館蔵『古新一覧手鑑』所収。雲紙に金泥装飾を施した「寂

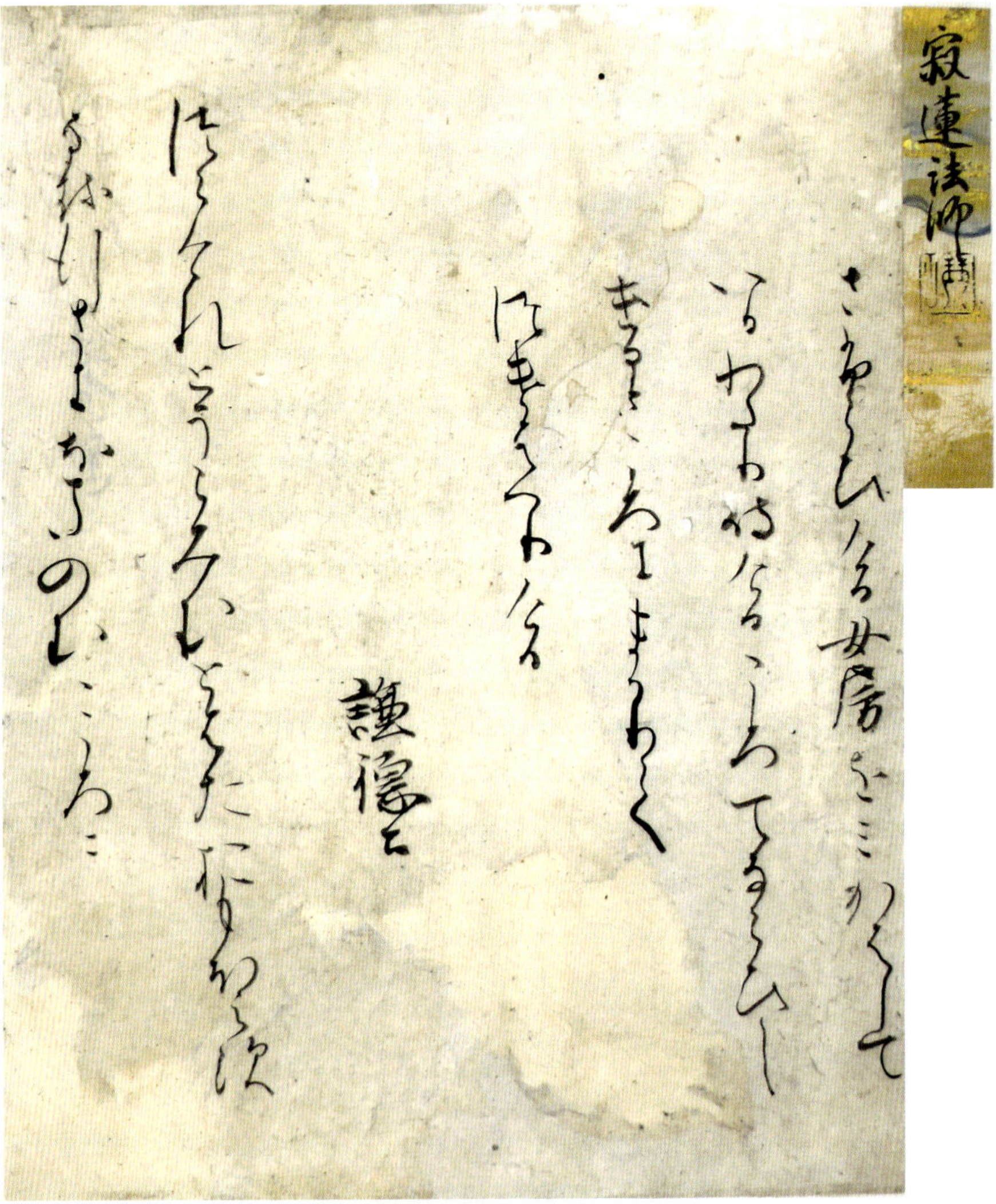

▲断簡H

蓮法師（琴山）」という古筆了佐の極札付属。料紙は斐の具引き紙（目立った剥落痕もあり）。縦二十八・〇cm×横二十一・七cm。なお『古筆学大成』図版18。

〈翻刻〉

さふらひける女房をみかはして
いひわたり侍けるころてならひし
けるところにまかりて□（具引き剥落）
つけはへりける
　　　　謙徳公
つらけれとうらみむとはたおもほえす
なを行さきをたのむこゝろに（一〇三八）

断簡I　巻十一・恋一・一〇四四上句～下句。石川県立美術館蔵古筆手鑑所収。「寂蓮法師さみたれは（琴山）」「寂蓮法師さみたれは（節義）」という極札二種付属。料紙は斐の具引き紙。縦二十七・八cm×横九・八cm。ただし横寸法では右から五・八cmの位置に、後補料紙との継ぎ目あり。なお『古筆手鑑大成　第十三巻　手鑑　石川県美術館蔵』65（一九九三年九月、角川書店）及び『古筆学大成』図版20。

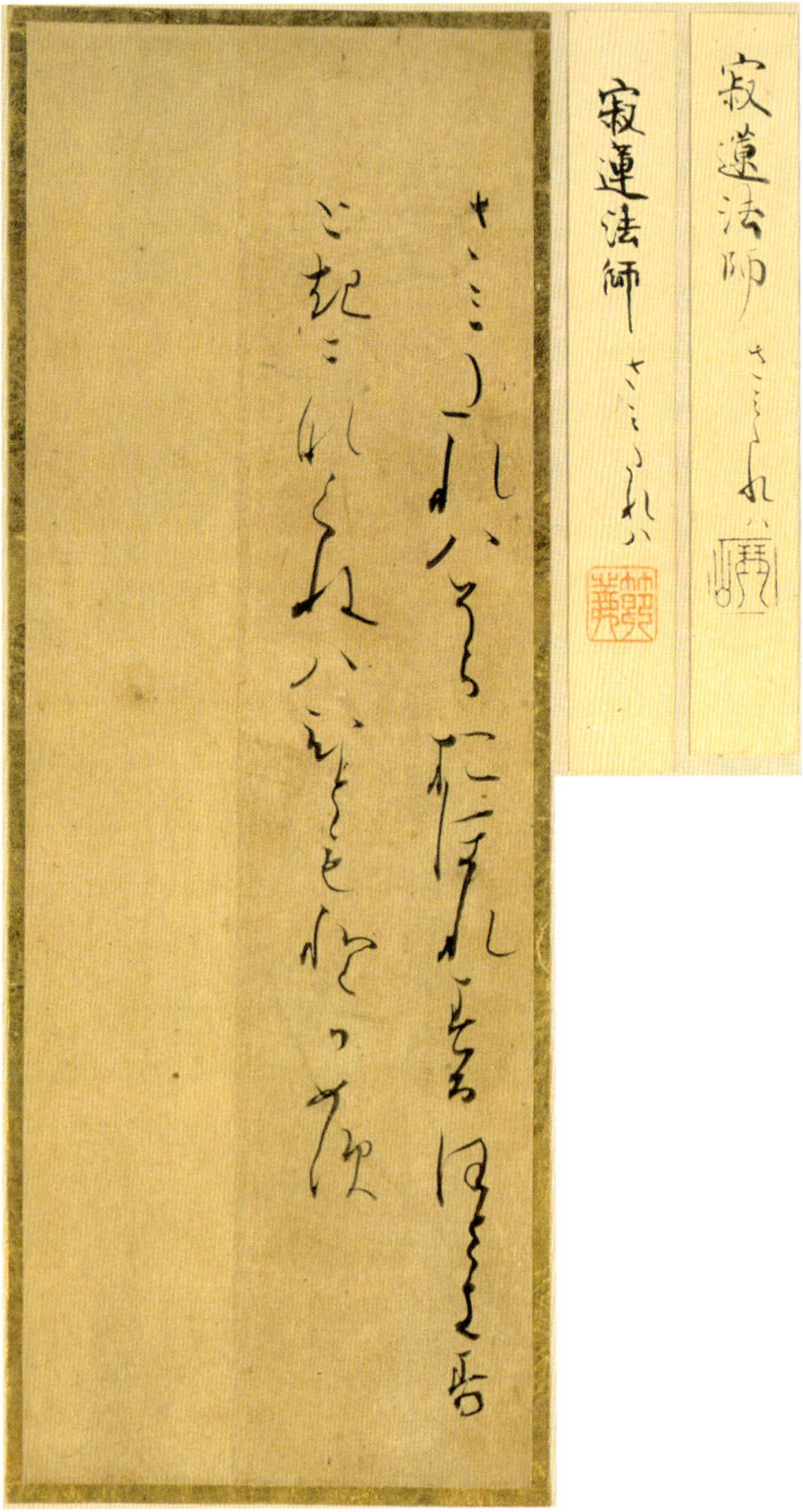

▲断簡Ｉ

〈翻刻〉

さみたれはそらおほれするほとゝきす
ときになくねはひともとかめす（一〇四四）

断簡Ｊ　巻十一・恋一・一〇五二下句〜五四下句。『古筆学大成』図版19。同解説によれば「加賀の前田家に伝来、のち、名古屋の数寄者森川勘一郎（号如春庵）が伝得して、掛幅装に改めたもの」で、現「個人蔵」の由。料紙は斐の具引き紙か。同解説に拠れば縦二十八・八㎝×横十五・七㎝。

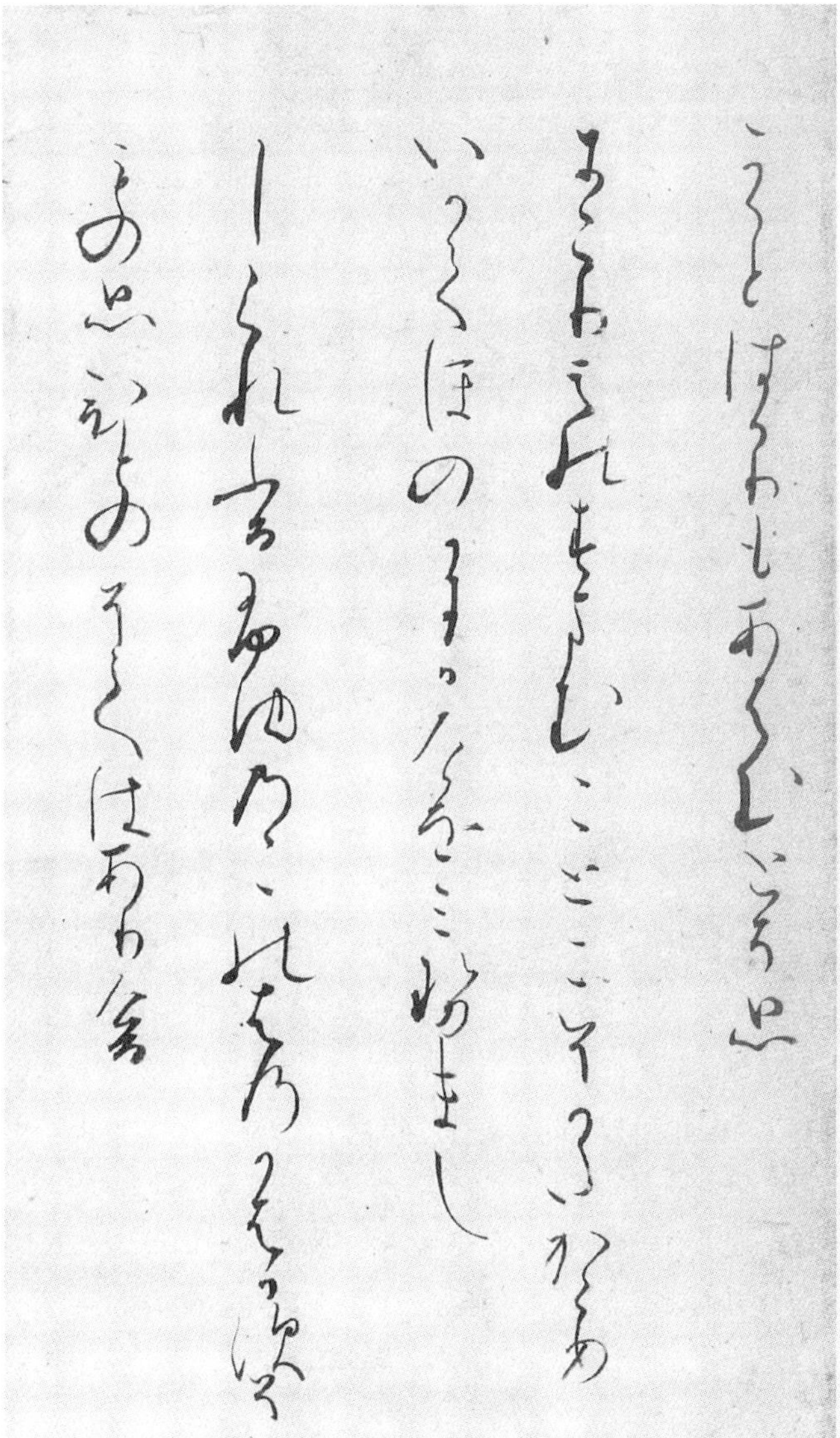

▲断簡J

〈翻刻〉

かことはかりもあはむとそ思（一〇五二）

にこりえのすまむことこそかたからめ

いかてほのかにかけをみせまし（一〇五三）

しくれふるふゆのこのはのかはかすそ

もの思ひとのそてはありける（一〇五四）

断簡K　巻十一・恋一・一〇五六上句～五八上句。書芸文化院春敬記念書道文庫蔵古筆手鑑『筆鑑』所収。料紙は斐の具引き紙。縦二十八・二cm×横二十七・二cm。なお『古筆学大成』図版21。

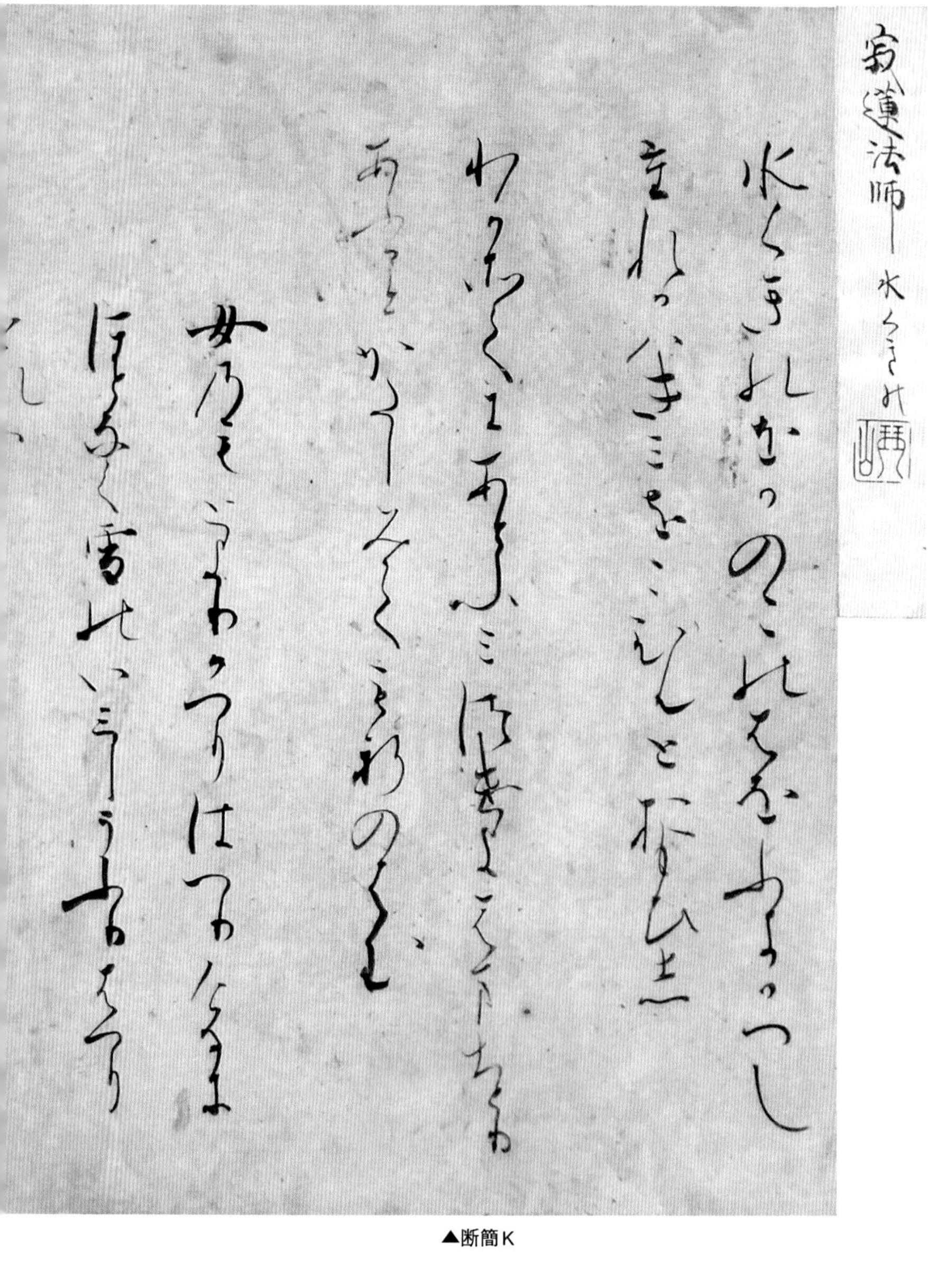

▲断簡K

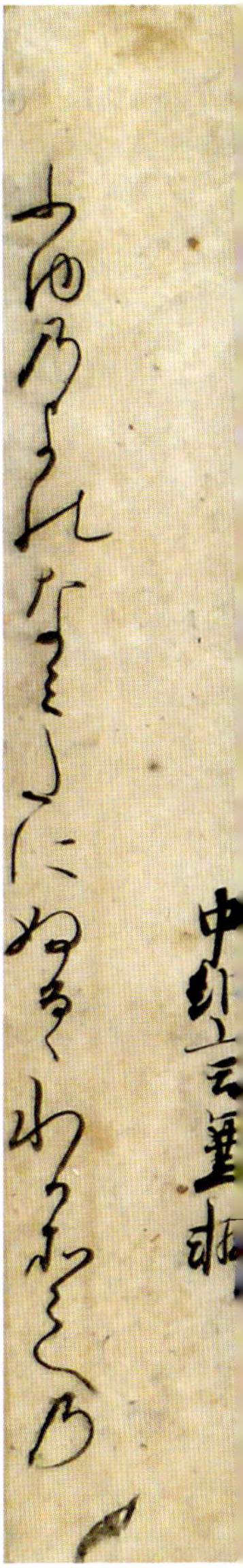

〈翻刻〉

水くきのをかのこのはをふきかへし
たれかはきみをこひんとおもひし（一〇五六）
わかそてにあとふみつけよはまちとり
あふことかたしみてもしのはむ（一〇五七）
女のもとよりかへりはへりけるに
ほとなく雪のいみしうふりはへり
けれは
中納言兼輔
ふゆのよのなみたにぬるゝわかそての（一〇五八）

以上の十一葉を実地に、もしくは図版を介して見た時に、まず気づくのは、料紙が斐の具引き紙（断簡A・E〜K）と素紙との二種に分かたれるらしいことである。そうすると、両者は本来別種の写本だったのか、あるいはいずれかが先、いずれかが後という、模写の関係だったのか、などとも考えられてきそうであるが、ただそれぞれの歌番号を確認すると、具引き紙の方は（一紙全面分の断簡Aは別として）断簡E〜Fが一〇三一〜三二、断簡G〜Hが一〇三七〜三八、断簡J〜Kが一〇五二〜五四・一〇五六〜五八となっており、また素紙の方も断簡C〜Dが一〇二六〜二七、断簡Iが一〇四四となっている。要するに具引き紙と素紙とでそれぞれ歌番号が近接しているのであって、その点原装時においてはもしかすると、具引き紙と素紙とが交用されていたのではないかともみられる。もう少し具体的に整理すれば、

・一〇一九～二二（断簡A）…具引き紙
・一〇二六～二七（断簡C～D）を含む数首分…素紙か（ちなみに模刻の断簡Bが一〇二四～一〇二五であるので、これと同一紙だったはずである）
・一〇三一～三二（断簡E～F）を含む数首分…具引き紙か
・一〇三七～三八を含む数首分（断簡G～H）…具引き紙
・一〇四四を含む数首分（断簡I）…素紙
・一〇五二～五四（断簡J）を含む数首分…具引き紙
・一〇五六～五八を含む数首分（K）…具引き紙

のようであったのではなかろうか。少なくとも近接する断簡同士で、具引き紙と素紙とが混在することはないようなので、それほど見当違いな推定でもないのではないかと考えているが、いかがであろうか。

一方、内容としては、全十一葉のすべてが巻十一・恋一に属している点、元々は巻十一の巻子本一軸のみが、とある時点まで伝存しており、それが慶安四年以前のいずれかの段階で、分割されたものなのだろう。

5 やはり『新古今集』の新出異本歌と認められるものであった

ここで問題の断簡Z、すなわち鶴見大学図書館蔵古筆手鑑所収・伝寂蓮筆断簡の件に戻れば、既述のとおり、その寸法・筆蹟・書式などから、当該断簡はこれら断簡A～Kのツレと認定することができる。従ってここまでの考証結果からすれば、断簡Z記載の一首は当然『新古今集』の、おそらくは巻十一・恋一のどこかに収められているに違いない、と予測されよう。ところが実際に『新編国歌大観』（日本文学WEB図書館版）で検索してみると、『新古今集』よりも後、鎌倉時代中期に成立した『万代集』という私撰集に、

山だといふところにすみわたりける女に、いひつかはしける　　藤原隆方朝臣

さのみやはつれなかるべきはるかぜに山だのこほりうちもとけなん（巻十・恋二・二〇四七）

のように入集しているという結果が得られるのみである。つまりは驚くべきことに、肝心の『新古今集』の中に、断簡Zのこの一首は、見出すことができないのである。

ところで『新古今集』は前述のとおり、後鳥羽院による建仁元年の撰進下命後、実に複雑な編纂過程を辿っており、その途中で多くの歌が削除されたり追加されたりしていたことが明らかとなっている。その一方で、現存する『新古今集』の多数の伝本の中には、削除されたはずの歌が含まれているものがある。それらは異本歌とも切り出し歌とも呼ばれ、久松潜一氏ほか校注『日本古典文学大系28　新古今和歌集』（一九五八年二月、岩波書店）では三十五首（重出歌を含む）、後藤重郎氏『新古今和歌集の基礎的研究』（一九六八年三月、塙書房）においては二十九首（重出歌は別掲）が集成されている。重出歌を別にしても、両書の間には少々の歌の出入りがあったりするが、ともあれ今日、異本歌としては三十首前後が知られているということになろう。そこで今度はその中に、断簡Z記載の一首がないかと確認してみたが、やはり見当たらないのであった。

しかし繰り返しとなるが、断簡Zが巻子本切のツレであることは確実であると思われる。とすると、たとえ現存伝本中には見出せなくても、断簡Zはやはり『新古今集』の一部であると、認めるべきなのである。

従って以上を考え合わせれば、断簡Zは要するに、おそらくはかつて『新古今集』の巻十一・恋一に入集しており、その後切り出されることとなった、従来まったく知られていなかった異本歌なのだと推断されよう。『新古今集』異本歌の新出は、ここ数十年近く、報告されていなかったかと思われるので、たった一首ではあるけれども、これは極めて貴重な発見であると言えるのではなかろうか。

6 この巻子本切はいつ頃書写されたのか

ではこの断簡Zが、本来は、巻十一・恋一のどのあたりに配置されていたのかといった、巻子本切の本文に関わる諸問題については、本書収録の中川博夫論文に拠られたい。ここでは続けて、巻子本切の書写年代について述べていく。

まず『古筆学大成』解説において小松茂美氏は、巻子本切の筆蹟が、平安時代最末期の作と推定されている『信貴山縁起』『地獄草紙』『餓鬼草紙』『病草紙』といった絵巻類の詞書や、また建久三年（一一九二）の書写奥書を持つ『大鏡』天理大学附属天理図書館本の書風と共通していることを指摘した。その上で、そうした筆蹟としての古さから、巻子本切は、前述した元久二年三月二十六日開催『新古今集』竟宴の「直後における調度本として書写されたもの」ではないかと推定した。かつ今日、竟宴本の本文を持つ伝本がいまだ見出されていない現状、その「面目を伝える伝本と想定され」る巻子本切は「極めて重要な地位を占める」と論じた。

また断簡C紹介時に言及しておいたとおり、近年、池田和臣氏・小田寛貴氏によって、炭素14年代測定法による料紙製作年代の測定が、断簡Cを対象として実施されている。結果、おそらく料紙自体の製作は、一一四八年〜一二一三年の「範囲に実年代がある」こと、それは「新古今集竟宴本成立の元久二年（一二〇五）を誤差範囲の下限近くに含み込ん」だ「驚くべき値」であること、従って「竟宴本成立直後の書写本」にして現存「最古級のもの」であり、しかも「縦三〇センチに近い大型の巻子本ということを考え合わせるなら、特別な清書本であったことが推測される」こと、などが指摘され、小松氏の説が追認された。なおこの見解に関しては、二〇一一年三月二十八日付の毎日新聞朝刊において、「歴史・迷宮解：古筆の年代測定／上　原初『新古今』の断片か」という見出しで報道もされている。

さて巻子本切に関しては、確かに鎌倉時代初期頃の書写とおぼしく、かつ非常にゆったりとした書式の、大変贅沢な料紙の使い方などから、相当に特別な写本であっただろうことが、巻子本切それ自体から推察されよう。しかも料紙の製作年代も極めて古いという、右の指摘を踏まえるならば、この巻子本切は『新古今集』の竟宴本に極めて近い一本だったか、あるいは、さらに言ってしまえば、もしかすると、竟宴本そのものだった可能性もあるのではなかろうか、と推定したくもなってくる。その場合、他伝本には現状見出し得ない、断簡Zの記載歌一首は、少なくとも竟宴の時点では、『新古今集』に入集していて、その後かなり早い段階で削除されてしまった、まさしく『新古今集』成立最初期の一首だったということになろう。

7 巻子本切と竟宴本

ただしいささか注意されるのは、巻子本切の本文には、誤写誤脱の痕跡が二箇所に見出されることである。ひとつは断簡Aの終わり二行目「水《の》うへに」で、誤脱の「の」字が、おそらくは同筆で補われている。もうひとつは断簡E三行目で、「うつせみの」の「の」字が、元の文字を抹消した上に書き直されている。こうした事例が見出される以上、公的な完成形態たるべき竟宴本として、巻子本切はやや相応しくないのではないか、とも思われてくる。

ところがここで興味深いのは、定家の『明月記』（本文は国書刊行会本に拠る）元久二年三月二十三日条――『新古今集』竟宴が催される三日前――の記事に、

参所、今日聞、竟宴事未定日時、今日家長遣書状、在宣許令勘日時、廿六日云々、御清書仮名序等難出来、仍以此中書被遂、竟宴之後可有清書、可被継加序云々、此事殊忩思食、定有事歟、

とあることである。すなわち竟宴が二十六日に決まったものの、後京極良経による「御清書仮名序等」が間に合わないため、竟宴では「中書《なかがき》」つまり清書の前段階の下書き本で代用させることとして、竟宴後に清書した仮名序を継ぎ足すことになったという。もっともこの記事だけからすると、清書が終わっていないのは、ほぼ仮名序だけだったようにも読める。が、また『源家長日記』（本文は藤田一尊氏『中世日記紀行文学全評釈集成　第三巻』に拠る。二〇〇四年十二月、勉誠出版）に、

新古今の部類終はりて、この四月に□侍りき。心もとなくおぼしめして、先づ中書きばかりにて、□行はる。去年の神無月のころより、和歌所にて寄人たち召し集めて、辰時ばかりより日の暮るるまで、手も懈く、或は書き或は切り接ぎ、心の暇も無し。（略）さて竟宴終はりても、なほ清書急がれず。其の後、歌ども出だされ、また入るも侍り。

とあるのによれば、「部類」が終わった本文についても、後鳥羽院が「心もとなくおぼしめし」たため、「先づ中書きばかり」が竟宴に供された上、「竟宴終はりても、なほ清書急がれず。其の後、歌ども出だされ、また入るも」あったというのであるから、竟宴時には仮名序のみならず、本文部分に関しても、清書本ならぬ中書本が供されていたと

おぼしい。

もしそうであってみれば、伝寂蓮筆巻子本切に、前述のような誤脱や修正痕があるのも、むしろそれは中書本だったからこそ、ということで、説明できるのかもしれない。そうした点、巻子本切に関してはやはり、『新古今集』のまさに幻の竟宴本そのものだった、という可能性を探り続けてみるべきだろう。それには何より、ツレのさらなる発掘・調査が重要課題となってこよう。

と同時に、現存伝本のうちの未調査分の中に、もしかすると当該新出異本歌を含み持っているものが、実はあったりするのかもしれない、などと、さらに想定したくもなってくる。もしそのような伝本が見出されれば、少なくとも巻十一・恋一に関しては、竟宴本そのものの本文か、そうでなくても、それに相当近しい本文を備えた伝本だったという可能性が、かなりの説得力を持って、生じてくることにもなろう。

そうしたことを期待してみるにつけても、当該断簡の出現によって、『新古今集』成立最初期の異本歌一首の存在が、新たに明らかになったという収穫だけで満足しているわけにはいかない。むしろこれを絶好の契機として、あらためて『新古今集』そのものの伝本や本文に関する従来説を、根本的に見直していき、かつ関連する古典籍や古筆切を、徹底的に調査研究し直していく機運を高め、実際に取りかかっていくべきではないかと考えている。

第2章　作者・解釈・配列

［中川博夫］

1 作者・藤原隆方《たかかた》について

伝寂蓮筆巻子本切「さのみやは」歌の作者藤原隆方《たかかた》の略歴を記しておこう。

隆方は、長和三年（一〇一四）生で、承暦二年（一〇七八）十二月に任国但馬に、六十五歳で没した。但馬弁と呼称される。藤原氏北家高藤《たかふじ》流に属し、父は筑前・越前・備中・備前等の守を歴任した正四位下左京大夫隆光、母は但馬守源国挙女である。紫式部の夫宣孝《のぶたか》は祖父に当たる。同母弟に『後拾遺集』入集歌人の隆成がある。永承元年（一〇四六）周防守（介か）、天喜二年（一〇五四）右衛門権佐、康平六年（一〇六三）備後守、治暦元年（一〇六五）右中弁、同五年（延久元年）権左中弁、承暦元年（一〇七七）但馬守に任じた。正四位上に到る。公卿には到らない実務官人である。もめ事をおこして藤原実政を罵《ののし》ったことがもとで後三条院の不興を買い実政に官職を越された事や、その越官を後三条院が悔やんだ事（続古事談、古今著聞集）、自身の所能十八の中に囲碁を入れて嘲笑された事（江談抄）などが逸話として残っている。日記『但記《たんき》（隆方朝臣記）』を残す。『出羽弁集《いでわのべんしゅう》』や『四条宮下野集《しじょうのみやしもつけしゅう》』等に贈答歌が見える。勅撰集には、『後拾遺集』に二首入集し、内一首が『風雅集』に重出している。

参考までに略系図（尊卑分脈ならびに系図纂要による）を示しておこう。

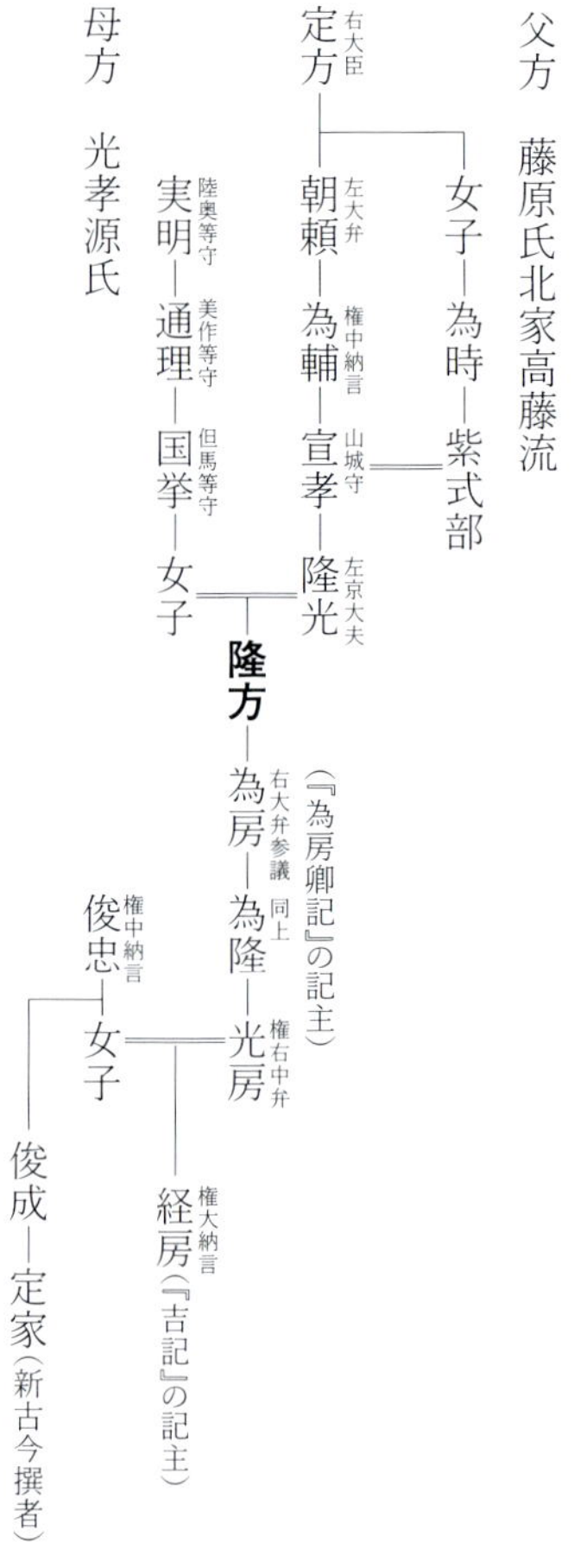

さて、現在知られている『新古今集』諸本には、隆方の歌は見えない。『後拾遺集』に二首入集したのみで以後『千載集』までの勅撰集に入集していない隆方の歌が、『新古今集』に採録される可能性はあるのだろうか。厳密には、隆方のこの「さのみやは」歌が確かに『新古今集』の新出歌であるのならば、この断簡の元の伝本には、これ以外にも隆方の歌が存在した可能性は絶無とは言えないが、高くはないであろう。仮に隆方の歌が一首のみ『新古今集』に採録されたのだとして、他の『新古今集』一首のみ入集の歌人とは、どういう人達であったろうか。次に一覧してみた。

万葉歌人

厚見王、宇合、憶良、河島皇子、志貴皇子、持統天皇（拾遺に読人不知で入集）、聖武天皇、旅人、八代女王、湯原王。

古今初出

有常、惟喬親王、貞文、元方、行平、淑望。

後撰初出

清蔭、周子、忠平、千古、天智天皇、本院侍従、師氏、師輔、山田法師。

拾遺初出

景明、儀同三司母、行基、小馬命婦、実資、輔昭、選子内親王、為政、為頼、仲文、済時、盛明親王、頼忠。

後拾遺初出

顕季、顕房、顕房室、朝忠、一条院、一条院皇后宮、兼房、兼通、慶暹、公実、国房、国基、後三条院、伊家、後冷泉院、寂昭、少将井尼、資仲、資業、増基、隆家、隆国、隆綱、孝善、忠家、斉信、為時、経信母、俊房、成助、法円、師賢、師実、師房、師房女、陽明門院、頼通。

金葉初出

安芸、藤原顕仲、河内、定通、実行、実能、輔仁親王、忠教、忠盛、為忠、仲実、長実、成通、堀河院、雅実、師時、師俊、木綿四手。

詞花初出

公能、成尋、季通、隆季、親隆、登蓮、教長、冷泉院。

千載初出

敦家、有仁室、有基（除棄歌）、氏良（千載では読人不知）、尾張、覚性、覚忠、覚弁、兼光、行慶、近衛院、惟方、伊綱、定雅、実家、実宗、成範、重政、静賢、成清、成尋母、季経、季広、資隆、宗円、親宗、朝恵、永範、雅通、参河内侍、光範、光行、盛方、六条。

新古今初出

明親（新古今にのみ入集＝以下「のみ」とする）、顕長、敦道親王、家房、右衛門佐、円珍（のみ）、加賀少納言（のみ）、円仁、雅縁（のみ）、湛子女王（のみ）、慶算、九条院（のみ）、源三位（のみ）、元明天皇（のみ）、後一条院中宮（のみ）、公胤（のみ）、公猷、権大夫、最澄、西日（のみ）、定家母、重之女、性空、承仁法親王、勝命、新少将、季景、季縄、季保、資宗、禅性（のみ）、増賀（のみ）、妙（のみ）、孝標女、隆時（のみ）、内匠（のみ）、忠定、奝然（のみ）、経重（のみ）、恒佐、経通、俊賢母（のみ）、知家、長延、成茂、日蔵（のみ）、仁徳天皇（のみ）、教盛母、弁（のみ）、正清（のみ）、允仲、雅信（のみ）、理平（のみ）、正光（のみ）、致平親王、基輔（のみ）、師忠、泰光、猷円、幸平、行能、良利（のみ）、隆聖（のみ）、冷泉院太皇太后宮。

これを通覧すると、歴代の有力有名歌人から泡沫無名歌人まで、皇統や高位顕官から低位卑官まで、高僧から法師までが混在しているのであって、つまり、万葉歌人から新古今初出歌人までのどのような歌人でも、『新古今集』に突然に一首取られることはあったということが確認されるのであり、『後拾遺集』のみに入集の隆方が『新古今集』に採録されても、何ら不思議はないということになる。

2 歌の解釈

ここで、この歌を解釈しておこう。読み易いように伝寂蓮筆巻子本切の本文に漢字を当て濁点を打っておく。

さのみやはつれなかるべき春風に山田の氷うちとけねかし

そうとばかり、つれなく冷淡でなければならないのか、そうではあるまい。春風に、(冬には変わらずに固まっていた)山田の氷が融けるように、つれなく冷たいあなたも打ち解けて心を許してくれよね。

このような意味の、二句切れの歌である。在原元方の「春立てば山田の氷うちとけて人の心にまかすべらなり」(拾遺抄・春・二八。拾遺集・春・四六、初句「春来れば」)が踏まえられていようか。また、この隆方の歌との先後は不明だが、詞書に「はじめて女のもとに春立つ日つかはしける」とある、同じ『後拾遺集』初出歌人藤原能通《よしみち》の「年経つる山下水のうす氷今日春風にうちもとけなん」(後拾遺集・恋一・六二三)とは、恋の相手の冷淡な様子を「氷」によそえて、「春風」に氷が融けるように心打ち解けて欲しいという点で、類似した趣向の歌である。初句については、「さのみやは」自体は、『永久百首』の「いかがせむ佐野の舟橋さのみやはふみだにみじと人の言ふべき」(恋・不見書恋・四六〇・忠房)が早く、勅撰集では『金葉集』の「さのみやはわが身の憂きになしはてて人のつらさを恨みざるべき」(恋下・四五五・源盛経母)が初出で、『新古今集』の「なにかいとふよもながらへじさのみやは憂きに堪《た》へたる命なるべき」(新古今集・恋三・一二二八・殷富門院大輔。烏丸本撰者名注記定家・雅経。隠岐本合点あり)が二例目となる。実は、「さのみやは」は、『新古今』成立前の後鳥羽院の三度の応制百首に、次のように作例が集中しているのである。

さのみやは涙にのみは濡らすべきなれし枕よ物がたりせよ

さのみやは谷の霞に埋もれん高木に遷《うつ》れ鶯の声

さのみやは山井の清水涼しとて帰《かへ》さも知らず日を暮らすべき

(正治初度百首・恋・五七七・通親、春・八〇六・隆房、夏・二〇三七・小侍従)

時鳥卯の花咲かぬ宿ならばさのみやはとは思はざらまし（正治後度百首・夏・ほととぎす・八一四・宮内卿）

さのみやは月に臥《ふ》す猪《ゐ》のいをやすみ寝られぬものを秋の夜な夜な

さのみやはつらきけしきをみしま江の入江の菰《こも》の乱れはつべき

さのみやは人の心にまかすべき忘るる草のたねを知らばや（千五百番歌合・秋三・一三九八・隆信、恋一・二三六八・顕昭、恋二・二四七七・惟明）

こういった新古今歌人達の「さのみやは」を用いる傾向は、『新古今集』に殷富門院の歌の他に、隆方の「さのみやは」の歌が採られたらしいことに矛盾しないのである。同様に、第二句の「つれなかるべき」も、勅撰集の初出は、『新古今集』の「誰もみな涙の雨にせきかねぬ空もいかがはつれなかるべき」（哀傷・八四二・忠経。烏丸本撰者名注記雅経。隠岐本合点あり）であって、「さのみやはつれなかるべき」という、やや屈折した表現が、『新古今集』に入集したとしても不思議はない、と言えるのかもしれない。なおまた、「うちとけねかし」は、先行例に「恋しくはうちとけねかし宮城野の小萩もたわに置ける白露」（中務集〔書陵部蔵御所本〕・これを見給ひて、一条殿にや・二三三）があり、後出でも「いつしかとはつもとゆひのこ紫色に出でつつうちとけねかし」（宗良親王千首・恋・寄本結恋・七五六）が目に入る程度で、用例は少なく、現行勅撰集には見えない句形なのである。

3 他出の確認

さて、この「さのみやは」の歌は、宝治二年（一二四八）に真観が初撰した『万代集』（恋二・二〇四七）に次の形で見える。

山田といふ所に住み渡りける女に、言ひつかはしける
藤原隆方朝臣

さのみやはつれなかるべき春風に山田の氷うちもとけなむ

詞書中の「住み渡る（り）」の意味は、①一定の場所に長く住み続ける。②男が女の所に通い続ける。の二通りが考えられる。前者でも通意だが、恋歌としては後者と見るべきであろうか。第五句は、当該断簡の「うちとけねかし」とは異なり、「うちもとけなむ」である。「うちも」は、「うち」が接頭語で、「も」が強意の助詞である。意味は、①融けてほしい。②きっと融けてしまうだろう。の両様に解され、どちらでも一首は通意で、「うちとけねかし」の形と、大意において変わるものではない。

4 『新古今集』巻第十一恋歌一内の配置の可能性

伝寂蓮筆『新古今集』巻子本切の書式は、詞書を和歌より三字程下げで記し、必ず改行して作者位置を和歌と詞書の下端より数字程度上げで記し、和歌を二行書きで記している。従って、当該断簡の作者位置「藤原隆方朝臣」の前行に何らかの詞書が記されていた可能性は残るのである。また、隆方の歌の次行に「題不知」とあるので、『新古今集』の恋部の「題しらず」が後接する箇所に存在したことは疑いない。また、この巻子本切のツレは全て巻第十一恋歌一の歌であり、当該断簡も同巻に属するであろうことは、現状ではほぼ疑いない。とすると、『新古今集』巻十一恋歌一の内部で、この「さのみやは」の歌はどのあたりに配置されていたのであろうか。それを探るには、有吉保氏「恋部の構成と特質」（『新古今和歌集の研究　基盤と構成』昭和四十三年四月、三省堂）、久保田淳氏『新古今和歌集全評釈』第五巻（昭和五十二年四月、講談社）といった先学の配列に関する見解を参照しながら、撰者たちが工夫を凝らしたであろう勅撰集配列の理法上の次の諸点に注意する必要がある。①作者―『後拾遺集』初出歌人隆方。②主題―春風あるいは山田に寄せる恋。③用語―「春風」「山田の氷」「とけ」が鍵語《キーワード》。以上に加えて、『万代集』に付されたのと類同の詠作事情と見ることが許されるとすれば、その④詠作事情―通い続けた「山田」の女性に言い遣《つか》わした歌。如上の諸点を勘案すると、『新古今集』巻第十一恋歌一の、万葉〜後拾遺集歌人群（九九〇〜一〇二七）中で、かつ春の恋の歌群（一〇一六〜一〇二三）か、地名（歌枕・所名）や山に寄せる恋の歌群（九九〇〜一〇〇七、一〇〇八〜一〇一五）中である可能性が高いと見られるのである。仮にその前提で、『万代集』の詞書を援用して付し、春の恋歌群と地名や山に寄せる恋歌群の「題しらず」歌の前に、この「さのみやは」の歌を配置してみると、次のようになる。

（伝為相筆本により表記は改め、書式は伝寂蓮筆巻子本切に倣うが、和歌は一行書きとする）

a　九九〇（巻頭歌）の前

〔山田といふ所に住み渡りける女に、言ひつかはしける〕　歌人の初出勅撰集（含万葉集）

藤原隆方朝臣　後拾遺

さのみやはつれなかるべき春風に山田の氷うちとけねかし

題しらず

読人しらず

990 よそにのみ見てややみなん葛城や高間の山の嶺の白雲

991 音にのみありと聞きこしみ吉野の滝はけふこそ袖に落ちけれ

人麿　万葉

992 あしびきの山田守る庵に置くか火の下こがれつつ我が恋ふらくは

993 いそのかみ布留のわさ田のほにには出でず心の内に恋ひや渡らむ

b　九九六の前

中将更衣につかはしける

延喜御歌（醍醐天皇）　後撰

995 むらさきの色に心はあらねども深くぞ人を思ひそめつる

〔山田といふ所に住み渡りける女に、言ひつかはしける〕

藤原隆方朝臣　後拾遺

さのみやはつれなかるべき春風に山田の氷うちとけねかし

題しらず　中納言兼輔

996 瓶の原わきて流るる泉川いつ見きとてか恋しかるらむ　古今

c　一〇〇八の前

堀河関白、文などつかはして、里はいづくぞと問ひ侍りければ　本院侍従

1006 我が宿はそこ とも何か教ふべき言はでこそ見め尋ねけりやと　後撰

返し　忠義公（兼通）

1007 我が思ひ空のけぶりとなりぬれば雲ゐながらもなほ尋ねてむ　後拾遺

〔山田といふ所に住み渡りける女に、言ひつかはしける〕　藤原隆方朝臣

さのみやはつれなかるべき春風に山田の氷うちとけねかし　後拾遺

題しらず　貫之

1008 しるしなきけぶりを雲にまがへつつ夜を経て富士の山と燃えなむ　古今

深養父

1009 けぶり立つ思ひならねど人知れずわびては富士のねをのみぞ泣く　古今

d　一〇一二の前

文つかはしける女に、同じ司の上なる人通ふと聞きて、
つかはしける

藤原義孝

拾遺

1011 白雲の峰にしもなど通ふらむ同じ三笠の山のふもとを

〔山田といふ所に住み渡りける女に、言ひつかはしける〕

藤原隆方朝臣

後拾遺

さのみやはつれなかるべき春風に山田の氷うちとけねかし

題しらず

和泉式部

拾遺

1012 けふもまたかくや伊吹のさしも草さらば我のみ燃えや渡らむ

源重之

拾遺

1013 筑波山端山繁山しげけれど思ひ入るにはさはらざりけり

e　一〇一八の前

年を経て言ひ渡り侍りける女の、さすがにけ近くは
あらざりけるに、春の末つ方言ひつかはしける

能宣朝臣

拾遺

1017 幾返り咲き散る花をながめつつ物思ひ暮らす春にあふらむ

〔山田といふ所に住み渡りける女に、言ひつかはしける〕

藤原隆方朝臣

後拾遺

さのみやはつれなかるべき春風に山田の氷うちとけねかし
題しらず　躬恒　古今
1018 奥山の峰飛び越ゆる初雁のはつかにだにも見でややみなむ
亭子院御歌（宇多天皇）　後撰
1019 大空を渡る春日の影なれやよそにのみしてのどけかるらむ

f　一〇二二の前

正月、雨降り風吹きける日、女につかはしける
謙徳公（伊尹）　後撰
1020 春風の吹くにもまさる涙かなわが水上に氷とくらし
たびたび返り事せぬ女に
1021 水の上に浮きたる鳥の跡もなくおぼつかなさを思ふ頃かな
〔山田といふ所に住み渡りける女に、言ひつかはしける〕
藤原隆方朝臣　後拾遺
さのみやはつれなかるべき春風に山田の氷うちとけねかし
題しらず
曾禰好忠　拾遺
1022 片岡の雪間に根ざす若草のほのかに見てし人ぞ恋しき

この中では、ｅかｆが、前後の歌の内容や用語の面から、他に比べてより整合性が高いようである。そのｅとｆに

ついては、第一章に断簡Aとして掲出した五島美術館蔵手鑑『筆陣毫戦』所収の伝寂蓮筆『新古今集』巻子本切に、ｅの後半部一〇一九の作者「亭子院御歌」からｆの前半部一〇二一の和歌「水の上に…思ふ頃かな」までが書写されているのである。その一〇二一の和歌の左には、同断間の行間よりもやや幅広い余白と見える部分があって、「題不〔知〕」を擦り消した跡が認められる。本断簡の本文が直ちに後接するとすると、当該の「さのみやは」の歌の詞書が「題不知《だいしらず》」で、次歌の「片岡の」の詞書「題不知」と連続することになり、勅撰集の詞書の記し方の理法（同一の詞書の場合は最初の一首にのみ記す）に照らして、あり得ないことになる。この「題不〔知〕」擦り消しの痕跡は、1022の詞書のそれと見なければなるまい。ｆの可能性はほぼ否定されるということになろう。

従って、ａ〜ｅの可能性が残されることになるけれども、これも仮定の積み重ねによる推測であり、またそもそも何らかの事由で切り出された歌であれば配列上に齟齬《そご》があったのかもしれず、巻十一のこれ以外の箇所、巻十一以外の恋部に配されていた可能性は完全には排除されないのである。

※引用した和歌の本文は、特に記さない限り、『新編国歌大観』に拠った。

主要参考文献
［一部を除き、比較的近年の、伝本・本文に関わる文献に限る。なお敬称略］

【テキスト・注釈書】

久松潜一・山崎敏夫・後藤重郎校注『日本古典文学大系28　新古今和歌集』（一九五八年二月、岩波書店）
田中裕・赤瀬信吾校注『新日本古典文学大系11　新古今和歌集』（一九九二年一月、岩波書店）
峯村文人校注・訳『新編日本古典文学全集43　新古今和歌集』（一九九五年五月、小学館）
久保田淳『角川ソフィア文庫　新古今和歌集　上下』（二〇〇七年三月、角川学芸出版）
久保田淳『新古今和歌集全注釈　一〜六』（二〇一一年十月〜二〇一二年三月、角川学芸出版）
小林大輔『角川ソフィア文庫　新古今和歌集　ビギナーズ・クラシックス』（二〇一二年十一月、角川学芸出版）

【影印本】

『天理図書館善本叢書　和書之部　第十七〜十八巻　新古今集　烏丸本　上下』（一九七四年九月、八木書店）
『古筆手鑑大成　第一巻〜第十六巻』（一九八三年十一月〜一九九五年十二月、角川書店）
小松茂美氏『古筆学大成1〜30』（一九八九年一月〜一九九三年十一月、講談社）
『冷泉家時雨亭叢書　第十二巻　隠岐本　新古今和歌集』（一九九七年四月、朝日新聞社）
『冷泉家時雨亭叢書　第五巻　新古今和歌集　文永本』（二〇〇〇年四月、朝日新聞社）
『国立歴史民俗博物館蔵　貴重典籍叢書　文学篇　第四巻（勅撰集４）』所収「新古今和歌集」（二〇〇〇年十一月、

臨川書店）
『国立歴史民俗博物館蔵　貴重典籍叢書　文学篇　第五巻（勅撰集5）』所収「新古今和歌集　巻一〜四」（二〇〇二年七月、臨川書店）

【研究書等】

後藤重郎『新古今和歌集の基礎的研究』（一九六八年三月、塙書房）
有吉保『新古今和歌集の研究　基盤と構成』（一九六八年四月、三省堂）
『谷山茂著作集4　新古今時代の歌合と歌壇』（一九八三年九月、角川書店）
『谷山茂著作集5　新古今集とその歌人』（一九八三年十二月、角川書店）
小島吉雄『増補　新古今和歌集の研究　正篇　続篇』（一九九三年十月、和泉書院）
有吉保『新古今和歌集の研究　続篇』（一九九六年三月、笠間書院）
島津忠夫編『新古今和歌集を学ぶ人のために』（一九九六年三月、世界思想社）
『藤平春男著作集　第1巻　新古今歌風の形成』（一九九七年五月、笠間書院）
『藤平春男著作集　第2巻　新古今とその前後』（一九九七年十月、笠間書院）
佐藤恒雄『藤原定家研究』（二〇〇一年五月、風間書房）
後藤重郎『新古今和歌集研究』（二〇〇四年二月、風間書房）
浅田徹・藤平泉編『古今集　新古今集の方法』（二〇〇四年十月、笠間書院）
田渕句美子『新古今集　後鳥羽院と定家の時代』（二〇一〇年十二月、角川学芸出版）

【研究論文】

赤瀬信吾「隠岐本『新古今和歌集』本文瞥見」（『文学』第六巻第四号、一九九五年十月、岩波書店）
赤瀬信吾「隠岐本『新古今和歌集』の意味するもの」（『国文学　解釈と教材の研究』第四十二巻第十三号、一九九七年十一月）
武井和人「校勘は可能か」（『中世古典学の書誌学的研究』所収、一九九九年一月、勉誠出版）
田渕句美子「『新古今和歌集』序の成立──異文を持つ伝本による再構築」（『文学』第四巻第二号、二〇〇三年三～四月、岩波書店）
高田信敬「新古今集の古写本・古筆切──一条兼良本にふれつつ」（『国文学　解釈と教材の研究』第四十九巻第十二号、二〇〇四年十一月）
石澤一志「坂上本『新古今和歌集』──六条宮本系隠岐本とその性格」（『和歌文学研究』第九十三号、二〇〇六年十二月）
田渕句美子「『新古今和歌集』の成立──家長本再考」（『文学』第八巻第一号、二〇〇七年一─二月、岩波書店）
寺島恒世「隠岐本新古今和歌集の削除歌──基準の認定について──」（『和歌文学研究』第九十四号、二〇〇七年六月）
佐々木孝浩「勅撰和歌集と巻子装」（『斯道文庫論集』第四十二輯、二〇〇八年二月）
池田和臣・小田寛貴「古筆切の年代測定Ⅳ──加速器質量分析法による炭素14年代測定──」（『中央大学文学部紀要　言語・文学・文化』第百九号、二〇一二年三月）
寺島恒世「『新古今集』の本文　校本の作成に向けて」（国文学研究資料館編『古典籍研究ガイダンス』所収、二〇一二年六月、笠間書院）
田渕句美子「隠岐本『新古今和歌集』考」（『国語国文』第八十二巻第七号、二〇一三年七月）
池田和臣「最新科学で書を鑑定する　ＶＯＬ・9伝寂蓮筆新古今和歌集切──最古の新古今──」（『聚美』ＶＯＬ・9、二〇一三年十月、聚美社）

●写真は定期的に開催している貴重書展の様子より

鶴見大学図書館は、80 万冊に達しようとする膨大な蔵書群を有し、ここにしかないレアな書物を多数備えていることでも全国的に有名です。大学図書館ランキングではつねにトップ 10 入りを果たし、日本全国から数多くの研究者が訪れる魅力あふれる図書館です。

●住所
〒 230-8501 神奈川県横浜市鶴見区鶴見 2-1-3
TEL:045-580-8274 FAX:045-584-8197
● web サイト
http://library.tsurumi-u.ac.jp/library/index.html
●ブログ
http://blog.tsurumi-u.ac.jp/library/
※貴重書ミニ展示・貴重書展の案内も

図書館貴重資料利用案内

1. 閲覧可能な利用者

・本学教職員 ・本学大学院生 ・本学学部 4 年生（卒論利用）・他大学教員（含短期大学）
・他大学院生 ・その他　図書館長が特に許可したもの

2. 閲覧時間

9:30 ～ 16:30（平日のみ）

3. 閲覧手続

学内

・本学教職員用申込書 ・大学院生及び卒論利用者用申込書
図書館 3F 事務室貴重書担当者に申込書の提出をお願いします。
卒論の学生は指導教員による引率が必要です。

学外

・他大学教員・他大学院生　必ず所属する大学の図書館を通してお問い合わせください。

(1) FAX にて閲覧希望資料の閲覧の可否をお問い合わせください。

FAX 番号：045-584-8197
【問い合わせに必要な項目】
・閲覧希望資料名
※典拠資料があればその資料名、その他登録番号、請求記号等わかる範囲でご記入ください。
・閲覧希望者の氏名、身分、閲覧目的（なるべく具体的に）、閲覧希望日
※ 閲覧希望日は、複数日ご記入ください。多いほうが調整しやすくなります。
※ 資料の状態や学内行事等で、ご希望に添えない場合には、その旨ご連絡いたします。

(2) 閲覧可能となった場合は、所属機関作成の「貴重書閲覧願」を FAX にて送付してください。

HP より「貴重書閲覧願」を印刷するか、下記必要事項を記入し作成してください。
※「貴重書閲覧願」は閲覧当日に原本をお持ちいただき、FAX 分と差し替えます。
【貴重書閲覧願の必須項目】
図書館長の押印、所属・身分・氏名、閲覧希望日時、閲覧希望資料名、閲覧目的（なるべく具体的に）
※閲覧当日、身分証明書をご持参ください ※お車での来館はご遠慮ください（駐車場がないため）。

4. 資料の撮影・コピーについて

・コピー機によるコピーは不可 ・デジカメ等の撮影機器の使用は可（フラッシュの使用は不可）

5. 論文等を執筆する場合に際して

全文翻刻や論文・ホームページ等に写真を掲載する場合は、事前に「許可願」を提出してください。ごく部分的な引用や、単に当館で所蔵している旨を記す場合には、許可願の提出は必要ありません。
※何かご不明な点がございましたら、お問い合わせください。

6. 美術館等公共機関への貸出、および外部への公表を目的とした当館貴重資料の利用（テレビ取材、貴重資料の写真を使用した出版物等）に関してはお問い合わせください。

問い合わせ先：貴重書担当 045-580-8268

新古今和歌集の新しい歌が見つかった！

―800年以上埋もれていた幻の一首の謎を探る―

○編者○

鶴見大学日本文学会・ドキュメンテーション学会
鶴見大学図書館

○執筆者○

久保木秀夫
（くぼき・ひでお）

1972年生まれ。鶴見大学文学部准教授。博士（文学）。
主要編著書に『平安文学の新研究　物語絵と古筆切を考える』（共編著、新典社、2006年）、『林葉和歌集　研究と校本』（単著、笠間書院、2007年）、『中古中世散佚歌集研究』（単著、青簡舎、2009年）、『伏見院御集［広沢切］伝本・断簡集成』（共編著、笠間書院、2011年）、『日本の書と紙　古筆手鑑『かたばみ帖』の世界』（共編著、三弥井書店、2012年）などがある。

中川　博夫
（なかがわ・ひろお）

1956年生まれ。鶴見大学文学部教授。博士（文学）。
主要著書に『前長門守時朝入京田舎打聞集全釈』（共著、風間書房、1996年）、『沙弥蓮瑜集全釈』（共著、風間書房、1999年）、『藤原顕氏全歌注釈と研究』（笠間書院、1999年）、『新勅撰和歌集』（明治書院、2005年）、『大弐高遠集注釈』（貴重本刊行会、2010年）などがある。

2014（平成26）年10月25日　初版第1刷発行

ISBN978-4-305-70741-3 C0093

発行者

池田圭子

発行所

〒101-0064

東京都千代田区猿楽町2-2-3

笠間書院

電話 03-3295-1331 Fax 03-3294-0996

web :http://kasamashoin.jp/

mail:info@kasamashoin.co.jp

装丁 笠間書院装丁室

印刷・製本 モリモト印刷